きむふなセレクション

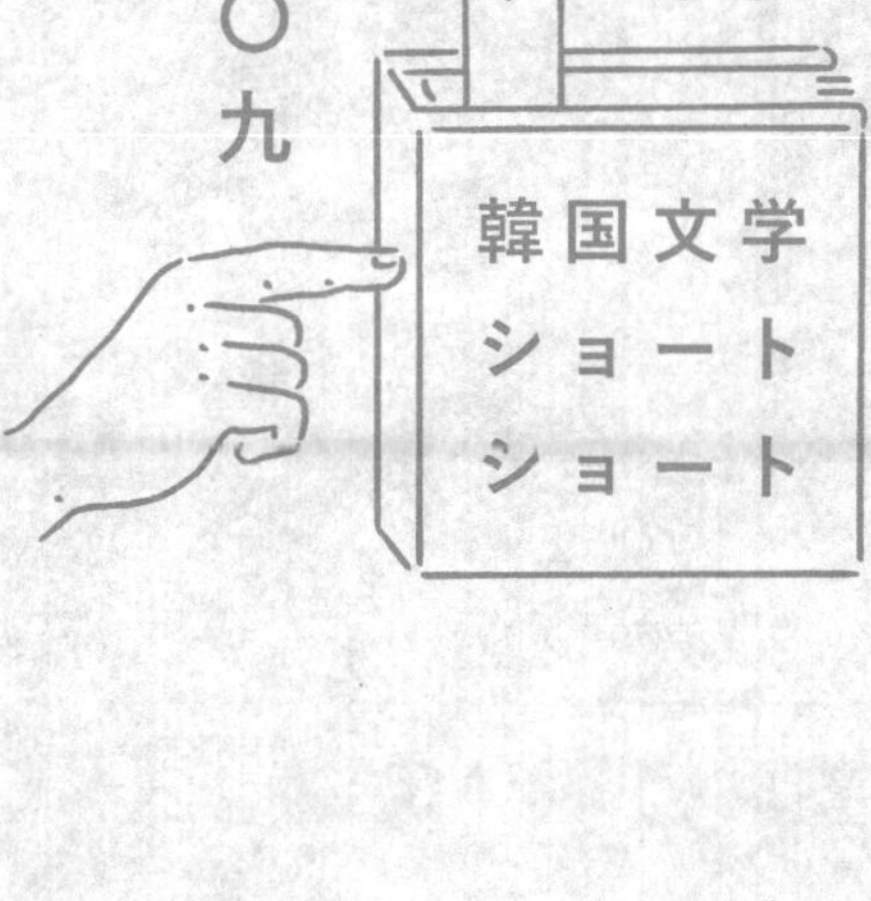

〇九

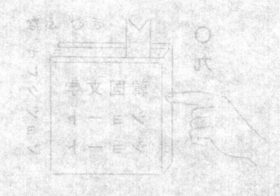

私たち皆のチョン・グイボ

イ・ジャンウク 著
五十嵐真希 訳

無名のまま、死後にその名を知られるようになった画家チョン・グィボ（鄭貴寶一九七二～二〇一三）の人生は驚くほど平坦なものだった。私は美術専門のとある出版社から急ぎの依頼を受け、画集を兼ねた評伝の執筆に取りかかったが、特筆に値することのない彼の経歴に頭を悩ませていた。

チョン・グィボの出生地は潭陽（タミャン）であるが、それは彼を語るのにこれといって役に立つものではなかった。彼の両親は、当時市内から少し離れたところにあった小学校の前で文房具店を営んでいたが、文房具店というのは特に営業手腕を必要とするものではなく、少しのまめまめしささえあれば成り立つものだったので、経営にさしたる問題はなかった。両親共々、日々の中で誰かに深刻な恨みを買うこともなく、特別な人生観を持ったことも、生きることの意味といったものを追究したこともなかった。そんなことは別世界の話だった。近隣の店が定食屋からトッポッキ屋に、トッポッキ屋からゲームセンターに変わっていく間、両親はガラスケース一つ変えずに文房具を守った。

　しかしグィボが生まれて言葉を覚える前に、両親はソウルに引っ越した。母親が言うには、「これといった理由はありゃせん」だった。雨がしとしと降っていた一九七四年の秋のある朝、今はもう鬼籍に入っている彼の父親がシャッターを開けて店内に入ったとき、ひさしからぽたりぽたりと落ちる雨だれを目にしたそうである。その雨だれに反射する陽の光があまりに切なくて、すぐに引っ越そうかという気になったという。どうせならソウルにと自然に思い浮かんだのだが、突拍子もなかったわけではなく、ようやくこの思いが、という気分だったそうだ。後年、グィボの母親は一人座って編み物をしたりテレビを観たりしていて、その頃のことを思い出すと、うちの主人がその日に限ってうわついちまってね――と独りごちていた。そうつぶやくときの彼女の口元にはさびしげな笑みがさっと浮かぶのだが、彼女自身はそれに気づいていないようだった。

　両親といっしょにソウルにやってきてから、チョン・グィボは潭陽に行った記憶がほとんどなかった。上京後、労苦を厭わず力仕事までやっていた父親が少し早くこの世を去ったせいもあって、潭陽に残っていた数少ない親戚たちも光州やソウル、仁川のようなところに散らばってしまったからだ。だから、一九七四年の秋に彼の父親がぼんやりと眺めた雨の朝だとか、その朝のひさしから滴っていた小さな雨だれだとか、「潭陽生まれ」という略歴は、チョン・グィボという人間を語る上で取るに足りないことだった。後に彼はソウルの外れ、例えば下渓洞（ハゲドン）や放鶴洞（パンハクトン）あるいは長位洞（チャンウィドン）辺りで暮らして、平凡な学生時代を送った。

　チョン・グィボは人並みに入学すべきときに入学し、卒業すべきときに卒業して、人生における重大な決断といったものに直面したこともなかった。学生時代の成績は中くらいで、成績のようなもので彼が注目されたことはないようだった。中学三年生だった一九八七年に、高校の先輩たちにくっついてデモに参加したこともあったが、帰宅後はすぐに翌日の韓国史の宿題に没頭した。高校に入学してからは、昼食の時間にいくつもの取っ組み合いのケンカに巻き込まれたり、二泊三日の家出をしてソウル駅近くの路地裏をうろうろしたりしたこともあった。もちろんそれは、その年頃の男子学生であれば誰にとっても、おでこに貼りつけて歩きたくなる小さな勲章のような事件だった。

　合唱コンクールの優秀賞や、皆勤賞の賞状をもらったこともあったが、それは捨ててもいいもので、久しぶりに取り出してみても特別な懐かしさが湧いてこない記念品だった。写生大会などに出た記録さえなかった。それで、「幼い頃からデッサンに才能を見せ」などの空々しい文すら書けなかった。調査書には「性格は闊達（かったつ）だが、口数は少ないほう」だとか、「思いのほか内向的だが、礼儀正しい」などの曖昧な評価が書かれていた。これは、高校時代の担任教師が偶然にも三年間同じであったからだ。その教師は慢性的なうつ病を患っていたのだが、人間はいつだって二面性があって矛盾しているため、全く理解できない存在だと信じる人物だった。教師は毎年、当たり前のように新春文芸[*1]に小説を投稿していた。いわゆる作家の卵だったというわけだが、「この応募者は、小説を人生に似せようとするなら、できるだけ人生から遠ざかるという点を心がけなさい」という不思議な評価をされ、その評を書いた大御所作家に抗議の電話まで掛けた。教師は、そんなとんでもない評価を耳にするくらいなら小説を書かないことにすると宣言したのだが、大御所作家は彼の言葉を初めから終わりまで落ち着いて聞いた挙げ句に、次のように返事をしたそうだ。

「そうですな。それもよい方法です」。

チョン・グィボは高校を卒業すると、ソウル近郊のとある大学の西洋画科に入った。入学がさほど難しくない学校だったため、実技が劣っていても難なく入れたようだった。チョン・グィボが描いたアグリッパはいろいろな面で単純で未熟な様相を呈しており、評点を付けた三人の教授は、彼の絵が他の受験生の作品に比べて基本的なテクニックが劣っているという点で一様に同意した。しかし教授たちは、彼のアグリッパから少し妙な点を見出した。他の彫像に比べてアグリッパは、彫りの深い目の陰影を表現することが重要なのだが、彼のデッサンにおいては目だけでなく鼻と唇など数か所の明暗が論理的でなかったのだ。しかし教授たちの意見は、そのずれが不思議なことに生き生きとした動感を与えるという点で一致しており、前日の会食の席で自分たちが語り合った、すなわち、基本的なテクニックの完成度よりは今後の可能性が重要だという話を同時に思い浮かべていた。そして、明暗さえ正確に表現できないこの学生に、自分たちでも驚くほどの甘い点数をつけたのだった。

＊1【新春文芸】韓国の新聞各社は「新春文芸」と冠して、短編小説、詩、戯曲などを募集し、一月一日に大賞作品を発表する。新人作家の登竜門となっている。

大学に入学したチョン・グィボは低学年の頃に一、二度、恋愛のようなものをしたことがあった。しかし、それほど深いものではなかったようで、彼自身、そのときに付き合っていた女性たちの名前さえ覚えていないと回顧したことがあった。それは、彼の記憶力に問題があったのではなく、その女性たちが彼の心をそっとかすめる程度であったからだ。

チョン・グィボの人生で、「深い恋愛」として記憶に残っている女性は三人または四人だった。三人または四人と曖昧に語るのには理由がある。彼女たちのうち二人が双子だったからだ。グィボが双子の姉妹を同時に好きになったため、三人または四人という表現はある程度は事実に近いものだ。双子を一人として認識していたのか、全く別の二人として認識していたのかは、今でもはっきりしない。多分、彼自身でさえ断言することは難しいのではないだろうか。いずれにせよ、深い恋愛の相手が三人または四人というのは、それほど多くも少なくもない数と言えるだろう。

大学時代に恋愛をした相手は、チョ・ヨンスク（仮名、一九七三〜）という、同じ学科の後輩だった。彼女は、チョン・グィボから愛の告白を聞くとすぐにその場でキスをしてあげたと語った。グィボは三年生で、彼女は二年生であり、場所は放課後の実習室だった。グィボは実習用のエプロンを掛けたまま彼女の唇に自分の唇をいそいそと合わせ、腰に手を回して離さなかった。あ、あのとき、あの人、全身をぶるぶる震わせていたんですよ、かわいいでしょ、真面目すぎてうぶだったというか。

そう語ったとき、チョ・ヨンスクの目には、わずかな誇らしさと、昔を振り返る人ならではの潤んだ光がかすめていった。彼女はさらに、チョン・グィボの手がどんなふうに自分の胸と腰に触れ、その手がいかに微細に震えていたか、誰もいない実習室のイーゼルがどんな音を立てて崩れたかなどを、多少オーバーとも言えるほどに詳しく述べたのだった。

しかし、大学時代の恋愛が大概そうであるように、彼らは別れを迎えた。理由ははっきりしなかった。ただし彼女は、チョン・グィボに会う度になぜだか感情が気化する感覚を覚えたと述懐した。グィボが目の前にいないときはたまらない恋しさが込み上げてきたが、いざいっしょにいると何も感じられなかったというのだ。実際にそばにいて、感情がすり減る人を一生の恋人だと言えますか？　そうだからと言って、私が特別に情熱的な人を好きだったというわけではないんですよ。私の好みから言えば、狂おしい愛の歌よりは、あたたかくて長続きする感情のほうがいいですから。狂おしい愛の歌は大体、自己暗示に過ぎないでしょう。

チョ・ヨンスクは少し控えめにそう説明したのだが、そう言いながらも人生を心得ているからこそそのものさびしさが感じられるようだった。目尻のしわが微かに震えていた。自分の内面をさらけ出すときの緊張感がそうさせたのだ。彼女は、人生というものがとどのつまり花火に火が付いて、ゆっくりと消えていく過程だと信じるロマン的虚無主義の世界を生きていた。彼女はチョン・グィボについて次のような結論を下した。

グィボさんは……、遠くにいてこそ近くにいられる人だったんですよ。

このような理由で彼女はチョン・グィボから離れていった。別れの過程は型にはまったものだった。グィボが軍隊に行っていたときに他の男性に乗りかえたのだ。彼女はその間の事情と自分の心を正直に説明する手紙をグィボに送った。よりにもよって、つらい目にあっているときにこのような手紙を送ってごめんなさいという言葉は、p.s.として付け加えた。

チョン・グィボは脱走や自殺などの騒動を起こしはしなかった。哀愁に満ちた返事を書き綴って送ったりもせず、恨み骨髄に徹した表情で彼女の家の前に現れたりもしなかった。休暇になったとき、弘大(ホンデ)前のカフェで彼女に会って未練がましさを見せたことがあったが、少し時が流れると静かにすべてのことを受け入れ、彼女の視界から消えていった。チョン・グィボが最後に彼女に残した言葉は、あらゆる面において暗示的なものだった。

　さようなら。美しい童話の一ページを破いたとしても物語がつながっていく感じで、そうやって生きていくよ。

　この別れの言葉は、チョ・ヨンスクに強い印象をもたらした。彼女は悲しい童話のヒロインになった気分に浸りきった。永遠に破かれたままの一ページというロマンティックな悲劇の世界に放り出された感じだった。それは、さびしさの中にも甘い孤独の感情を彼女に残してくれた。

　ところが、大学を卒業してしばらく経ってから、彼女はグィボを時々思い出している自分に気付くようになる。それは愛という感情がまだ残っているからではなかった。あの人、こう言ってはおかしいけれど、今でも私のそばにいるような錯覚に陥るんです。つきまとわれているというのではなく、ただ何となくそんな感じがするんですよ。私の人生のあらゆるページに相変わらず彼が生きている感じ、とでも言いましょうか。

ページをめくれば、そこから順々にページ数が改まるような。もちろん、あるページは破れて捨てられたままでしょう……。

三年の二学期に休学し、現役兵として入隊してから失恋したので、チョン・グィボにとってはさびしい青春と言えた。最初は恋人の心変わりのせいで少し苦しんだが、大きな問題となるほどではなかった。夜に明かりの消えた内務班[*2]の真っ暗な天井を眺めていると、悲しみとさびしさがいっしょに押し寄せてきた。しかし、憂鬱と孤独をじっと感じる暇もなく……眠りに落ちた。これこそが兵営というところの、この上ない厳かさなのだ——というのが、後日、チョン・グィボが旧懐したことだった。

その後、軍の生活は概ね順調だった。二等兵のとき、上官の執拗ないびりに悩まされることもあったが、それはありふれた悩みに過ぎなかった。傷病兵になったときには、チョン・グィボも後輩兵に巧妙ないじめや、さらには殴打さえも行ったものだ。金日成が死んだとき、軍全体にデフコン3が発令されたこと[*3]、夜間行軍のときに傷ついた踵をほったらかしにしたせいで破傷風と診断され、ソウルの倉洞(チャンドン)にあった国軍病院に入院したことなどが、せめてもの記憶に値する事件だった。最後の年には外泊をして淋病をうつされたこともあったが、それは間もなく除隊する傷病兵にとってよくある思い出だった。チョン・グィボも、「逆さに吊されても国防部の時計は進む」[*4]と事あるごとにつぶやく大韓民国陸軍の一員だったが、そうだからと言って、彼の国家観に問題があると見なすことはできなかった。後に、二〇〇二年のときには街に出て「大韓民国（テーハミング）」と声を限りに叫んだものだった。

チョン・グィボは除隊するとすぐに復学して、卒業の時期となって卒業した。絵を描いていたが、特別な情熱はなかった。情熱がないので目立った進展もなかった。卒業展示会にも参加したが、一人として関心を示さなかった。ソウルの外れの道ばたを歩く修行僧を伝統的な油絵の技法で再現した彼の作品は、文字どおり目に留まらなかった。それは、借り物のガウンを着て撮った卒業写真の中の彼が目立たないのと同

＊2【内務班】　兵士が寝起きをする兵営内の部屋。現在は生活館という。
＊3【デフコン3が発令されたこと】　戦争準備態勢に入ること。
＊4【逆さに吊されても国防部の時計は進む】　九〇年頃の徴兵制では兵役期間は三年間で、「現役」「補充兵」「第二国民役」に分かれていた。「現役」は二十歳になると兵役につかなければならなかった。軍隊生活はとても厳しく、どんなにつらくても時が過ぎれば必ず除隊の日が来ることから、この言葉が流行した。

じだった。

　グィボは就職か芸術か、留学か、韓国に残るかなどと悩んだこともなかった。産業デザインを専攻していないにもかかわらず、顔なじみの先輩の積極的な後押しにより中堅の家具会社に契約社員として腰を据えることとなった。入社して間もなくIMF危機〔アジア通貨危機〕が起こったが、不幸せはかろうじて彼を避けていったと言える。気難しい先輩デザイナーのもとで彼は誠実に働いた。トレンド調査に心血を注ぎ、モデルハウスにも熱心に出かけていった。おかげで彼は契約を二年間延長でき、その後は正社員として落ち着いた。同僚の評判も悪くなかった。彼自身も会社という組織にさほど大きな拒否感を抱いていなかった。当時その家具会社は、シンクなどシステムキッチンのシェアが業界の上位だった。だから今、私たちは自分でも気づかないうちに、彼がところどころ手がけた家で暮らしているのかもしれない。少なくともそのようなシンクで皿洗いをしているとみなさなければならない。

　しかし二〇〇二年、三十を越えたばかりの年齢で、チョン・グィボはいきなり会社を辞めることになる。突然、芸術に対する情熱が湧いてきたためとか、組織生活に幻滅を感じたためというわけではなかった。シンクとも関係のないことだったし、ワールドカップベスト四進出で歓声を上げたせいではなおなかった。雨の朝、通勤途中にあるバス停留所の表示板からぽたりぽたりと落ちる雨だれを見たせいかもしれないが、多分「これといった理由はありゃせん」だったのかもしれない。

知られているところによると、チョン・グィボはそれほど衝動的な類いの人間ではなかったようだ。むしろ、衝動的な性向を芸術的な性向に美化する美術大学の雰囲気に批判的だったという回顧もある。特に、芸術家気取りで衝動と欲望をコントロールしない仲間に好意的ではなかった。衝動と欲望というのはただ動物的なものであり、動物的なものが必ずしも芸術的なものではない――という多少決め手に欠ける論理を繰り広げていた。グィボも酒の席で堪忍袋の緒が切れて先輩と殴り合いをしてしまったこともあったが、すぐに謝って以前と変わらぬ関係を維持しようと努力したものだった。

チョン・グィボが京畿道（キョンギド）のとあるギャラリーで開催された公募展に入選したのは、家具会社を辞めた直後だった。公募展に入選したために家具会社を辞めたのではないか――という意見もあるが、退職届の日付と公募展の日付を突き詰めてみると、それは確かめようのない推測に過ぎなかった。公募展を開いたギャラリーがオープンして日も浅かったので、その年には応募作品が少なく、入選作品がとりわけ多かった。グィボの作品はイラストレーションのような人物画――今も彼の作風として認められているまさにあのジャンル――だった。なぜこのタッチでの人物画でなければならないのかについての苦悶が別段感じられない、慣習的な作品という酷評があったが、まさにその点でこそ人物が生きているという反論もあった。いや、それが一体何なのかという誰かの不満げな問いに、擁護論を展開した人物は、グィボが提出した作品集を示してこのように答えた。この顔をよく見てください。この顔は人間の顔ではないですか？　最も人間的な人間の顔ということです。人間の人間らしさをこのような方法で掘り下げることは決して簡単なことではありません。

酷評する側の人物はこれを何とも奇怪な同語反復だと考えたが、擁護する側の人物が大学の先輩だったため議論を引っ込めた。酷評派も擁護派もどちらにしてもチョン・グィボの作品に「特に審美的な特色がない」ことについてはすんなりと同意したのだった。彼の作品は論争の末に多くの入選作品のうちの一つに選ばれ、審査評では「鑑賞者はこの人物画から人間の本質でもなく、人間の仮面でもない第三の何かを見出せるのではないかと思う。それは、私たちが考えることよりずっと重要な何かを表しているのかもしれない」という、まれに見る曖昧な評価を得た。

　そうしてチョン・グィボは、思っていたほど遅くはない年齢で「芸術家」としての生活に踏み出せた。その後、小規模のギャラリーやカフェで個展を順次開いたが、耳目を集めることはなかった。坡州（パジュ）にある個人美術館で管理人を兼ねた展示解説者になったのはその頃だったのだが、以前に勤務していた家具会社のオーナーがちょうどその美術館の所有者という縁のおかげだった。

　安い月給だったが、チョン・グィボにとっては選り好みする余裕がなかった。その上、新しい職場となった美術館は彼の心にかなり適（かな）うものだった。総面積は小さいが、可動式の壁を設置したので随分と多くの作品を展示することができた。展示が終わって作品を撤去すると、美術館には白い壁に過ぎないシンプルな構造物だけが残った。白色のパネルでできた壁はくねくねと長く、白い迷路となっていたが、グィボはその誰もいない迷路をゆっくり散策するのが好きだった。同じところを通りながら同じところだと気づかず、異なるところを通りながら異なっていないような道を、彼はゆっくり歩いた。雨の降る日、何も展示されていないその迷路をぶらぶらしていると、無意識に深い物思いにふけることができた。そして仕舞いには、少し感傷的なトーンでこう付け加えるのだった。
ああ、これがすなわち人生であり、世界ではないか。

チョン・グィボは美術館の仕事をしつつ、並行して創作活動を行った。十二号の均一の大きさに装飾的な構図とドローイングが大部分を占める彼の人物画や風景画に注目する人はいなかった。目がある場所に目があり、鼻と口がある場所に鼻と口を描いただけだというふうだった。街路樹と自動車、建物と横断歩道もやはりそのような印象を与えた。しかし、そのイメージには多かれ少なかれ寂寥感が滲んでいたのだが、それはその頃のチョン・グィボが三番目と四番目の女性、つまり双子の恋人と別れた後だったためである。

勘の鋭い人であれば、この件がおかしいと思われるかもしれない。チョ・ヨンスクの後の二番目の女性についてはまだ言及していないからだ。しかしこれまで語っていないのは、二番目の女性ではなく最初の女性だという点に留意してもらいたい。訳が分からない？　大学時代のチョ・ヨンスクの前にもう一人女性がいたということだ。
チョン・グィボの初恋は——これを初恋と言えるのであればだが——高校時代に家

出をしたときに出会った「不良少女」であった。その頃は、ソウルオリンピックの浮かれた雰囲気がまだ残っていた時期だった。グィボのような平凡な家出中の高校生には誰も関心を寄せなかった。彼はソウル駅の近くにある深夜営業の漫画房[マナバン]*5で同じ年齢の少女と出くわした。その「不良少女」は、発情期のデリケートで成熟していないオスが想像できる、理想的で悲劇的な女性のイメージにぴったりだった。目深にかぶったフード、その中で陰鬱に光る両目、耳にしているウォークマンのイヤフォンの白いコード、無造作に着たヴィンテージのジーンズと着古したアイラブニューヨークのパーカー、やせてゆらゆらする体つきまで。その姿は、チョン・グィボの幻想の中で生きているまだ見ぬ少女そのものだったのだが、そんな少女が突然目の前に現れて、こう言葉を掛けてきたのだ。

ちょっと、タバコある?

い、いや、か、か、買ってこようか?

こうして始まった少女との短い出会いは、チョン・グィボに強烈な印象を残した。

---

*5【漫画房】　漫画を主とする貸本屋。

彼らは寒い冬の夜の会賢洞（フェヒョンドン）を歩き回り、南大門（ナムデムン）付近の旅館でいっしょに一晩を過ごすことになる。少女は全く所持金がなく、グィボの手元には家を出るときに持ち出した金がわずかに残っているだけだった。その夜は、一向に忘れようとしても忘れられない一つの事件として彼の頭に刻み込まれた。グィボは少女の悲劇的なオーラに惹きつけられただけではなく、一度も経験したことのない強烈な性欲に駆られて真正で純粋な獣になったのだ。

　しかし、ここに小さなどんでん返しが待っていた。その寒くてしかたない冬の夜、南大門市場（ナムデムンシジャン）の裏通りにある臭いのする旅館で、高校生のチョン・グィボが裸になってその神秘的な少女に覆い被さったとき、チョン・グィボという純粋な獣の耳に入ってきたのはこのような言葉だった。その後も長い間、彼の記憶の深いところに残っていて、しきりに蘇る低く乾いた声。

　おい、くそったれ。どけ。女が好きなんだ。

　チョン・グィボはその言葉の意味するところを理解する余裕すらなく、少女の体から離れた。少女の断固とした命令と宣言に圧倒されたままで、彼は自分がこれまで想像すらできなかった世界に遭遇したと思い知らされた。彼女が口にした言葉の意味よりは、その言葉の語調とニュアンスと声そのものに魅せられた。その瞬間に彼は、暗くて異質で魅惑的な一つの世界が自分の心の中に生まれたという事実のみを、かすかに感じ取っていた。

したがって、今日私たちはこのように語ることができる。私たちの偉大な画家チョン・グィボは、十代の頃、南大門市場の近くにある旅館のその寒々とした暗闇で出会った名も知らぬ少女と、その少女の口を衝いて発せられた理解しがたい言葉を、深く深く愛するようになったということである。実際に彼はふと「おい、くそったれ。どけ。女が好きなんだ。おい、くそったれ。どけ。女が好きなんだ。おい、くそったれ。どけ。女が好きなんだ」とつぶやいている自分に気づくこともあった。彼は自分がその少女を愛しているのか、その少女が言い捨てたその言葉を愛しているのか分からないと思いつつ、あの夜の不慣れな暗闇と骨の髄深くまで染み入る寒さを長きにわたって記憶することとなった。「おい、くそったれ。どけ。女が好きなんだ」という理解しがたい言葉とともに。

チョン・グィボの三番目と四番目の女性は、先述したとおり双子だった。少し腫れぼったい目に小柄でぽっちゃりした体型まで、見分けのつきにくい一卵性の姉妹だった。私たちは向かい合いながら化粧をするのよ。これは、愉快で茶目っ気たっぷりの姉妹が初対面の人を楽しませる冗談であったが、グィボはその光景を真面目に想像してみては、ある種の魅惑を感じていた。互いの顔を見合わせながら化粧をする、全く同じに生まれた二人だなんて！

彼がまず好きになったのは、姉であるパク・スノク（仮名、一九七五〜）のほうだった。パク・スノクは家具会社の後輩デザイナーだったが、実に情感のある表情の作り方を心得ていて、他の同僚とは異なり、陰口を叩くことが好きではなかった。その頃のグィボは、人の悪口を楽しむあらゆる種類の人間を嫌悪することに決めていたので、彼女に好感を抱いていた。

チョン・グィボが勇気を出して愛を告白したのは、初冬のある土曜日、会社の社員用休憩室だった。社員がみな退勤した、午後のがらんとした休憩室で彼女と出くわしたとき、窓の外ではちょうど初雪が降っていた。彼はそれを天の啓示だと解釈した。並んで立って窓の外を眺めていたグィボが先にもじもじと愛を告白し、同じく外に視線を向けていた彼女は例の情感がこもった表情で振り返った。一つだけ除けば完璧だった。彼が胸の内を告白した相手がパク・スノクではなく、スノクの妹、パク・チノク（仮名、一九七五〜）だったという点である。彼女も他の部署に勤務している同僚だったのだ。

その瞬間どういうわけか、パク・チノクはまさに自分が姉のスノクであるかのように微笑みを浮かべ、その上そっと首を縦に振った。美しく舞う初雪のせいかもしれず、チョン・グィボの気分を害したくないという善良な心のせいかもしれないが、あるいは、幼い頃から数限りなく繰り返してきた入れ替わりごっこの習慣のせいだったかもしれない。

彼女はチョン・グィボと別れてすぐに姉に事の顛末を告げた。妹の話を聞いたスノクは、怒りはしなかった。相手が自分たちを見分けられない状況に慣れていたからかもしれないが、他の理由もあった。妹がチョン・グィボに示した好意的な反応は、自分がその場にいたとしても全く同じであったはずだからだ。

これは、テレビのお笑い番組などにありそうな喜劇的な状況に違いなかった。しかし問題は段々深刻なほうへ変わりつつあった。当事者である姉だけでなく、告白を聞いた妹もチョン・グィボにかなり高い好感を抱いていたのだ。彼女たちはチョン・

グィボといっしょにいると、カシミヤの毛布で体が包まれているような穏やかな感情にひたれた。そうね、やわらかい沼にはまるという感じかしら？――これは姉の言葉で、妹は少し観念的な表現を使ってこう説明した。何と言うか、自我という閉ざされた枠を越えて穏やかで和やかな空気を経験する気分と似ているかしら？

チョン・グィボは数日後、自分が好きなのが一人ではなく二人であり、自分が彼女たちを判別できていないことに気づくようになる。彼は予想だにしていなかった混乱に陥った。混乱は簡単には収まらなかったが、二人でありながら一人なんだという気持ちがすでに彼の心の奥深くに根付いたのだった。

もちろん、チョン・グィボが姉妹を同時に愛したと決めつけるにはいくつかの難点が残っている。彼が愛したのは本当に二人だったのか？　愛するのに、対象をきちんと区別できないなんてありえるのだろうか？　それを果たして愛と言えるのだろうか？　その後何人かの知人たちがこのような正当な疑問を投げ掛けたとき、彼はもの憂げに黙り込んだそうだ。

三番目と四番目と言えるこの恋愛が長続きしなかったのは当然のことだ。チョン・グィボはある程度には姉妹を見分けられるようになったが、相変わらず自信を持てない自分に落胆した。少しずつ腐っていく果物のように、彼の心は形も色も変わっていった。

自分に我慢できなかった彼が別れを宣告したとき、姉妹の反応は同じでありながら違うものだった。二人を一人のように愛してはいけないの？　これは姉、スノクの言葉だった。何となく二人だと思って愛してもいいんじゃない？　これは、妹、チノクの言葉だった。チョン・グィボは二人に対して頭（かぶり）を振った。不可能なことだった。何よりも彼のうちから湧き上がる軽蔑にこれ以上我慢ならなかった。愛というのはたった一人の人に向かうものだと、彼は確信していた。だから、今のこの感情は決して真実のものではない。それが彼の結論だった。

　彼は姉妹に別れを伝え、電撃的に会社を辞めた。今になって言うのだが、チョン・グィボが会社を辞めたのは、ひさしからぽたりぽたりと落ちる雨だれのせいではなかったというわけだ。

　この悲喜劇的な恋愛については特に付け加える言葉はない。あえて付言しようとするなら、その姉妹に実際に会ってみると、誰もチョン・グィボをたやすく非難することはできないだろうということだ。あらゆる面で彼は愛に忠実であろうとしただけだ。

そしてあらゆる面で忠実だったという、まさにその理由で、グィボの三番目または四番目の愛は、皆に傷だけを残して水泡に帰したのだ。

会社を辞めた後、チョン・グィボが本格的に創作活動に邁進したおかげで、この失恋は今日の美術愛好家にとってある面においては幸運だったと言える。彼は長位洞付近の古いヴィラで暮らしながら、周りの人々の顔や近隣の風景を描いた。捨てられた服だとか布団カバーのようなものをキャンバスとして活用しはじめたことを除けば、それまでの画風とそれほど変わっていなかった。彼の人物画と風景画はこの世のありふれたイメージのようであったが、不思議なことに鑑賞者の目を引いた。鑑賞者は誰でも、これは見覚えのある顔じゃないか、そうつぶやいて親近感を示した。そしてしばらく経ってから、首をかしげてこのように言い足した。どことなく私に似てるのだけど……。

チョン・グィボの後期芸術を長位洞時代と呼べるとしたら、彼は長位洞時代まで自分の未来を分かっていなかった。ニューヨークの評壇においてクレメント・グリーンバーグ[*6]の跡を継ぐ巨匠ヴィンセント・ホークの目に留まって、世界的な芸術家として生まれ変わったアジアの天才、それが自分自身であるとは予測すらできなかったのだから。

ここで少しヴィンセント・ホークについて言及しておく必要があるだろう。ヴィンセント・ホークはオハイオ州生まれで、二〇〇〇年代以後、ニューヨークの現代美術を率いてきた比類無い美術評論家だ。「ニューヨークタイムズ」のあるコラムニストは、「道路を走っても走ってもトウモロコシ畑ばかりが続く田舎の出身であるにもかかわらず、彼の名前〝ホーク（鷹）〟が筆名ではなく本名だということは、十分に注目されなければならない。特にこの〝ホーク〟は、アジアというトウモロコシ畑を飛び回るのに天賦の才を持っていたのだ」と記した。これはどういう意味だろうか？「ホーク」云々というのは、鷹のように鋭い目を持った批評家に最適な名前だということだ。さらに、アジアというトウモロコシ畑を飛び回るというのは、アジアの無名な芸術家を発掘するのに鋭い見識を発揮しているという趣旨だ。このコラムニストの文章には、地域的、人種的な偏見が滲み出ているが、おかしなことにこれを指摘した

＊6【クレメント・グリーンバーグ】一九〇九～一九九四。アメリカの美術評論家。

者は一人もいなかった。

彼ならではの誠実なリサーチによってチョン・グィボのポートフォリオを見出したヴィンセント・ホークは、すぐにニューヨークのキュレーターたちにグィボを推薦した。こうしてチョン・グィボはあの有名なMoMA（ニューヨーク近代美術館）の「二十一世紀、明日はどこから来るのか？」展に招聘されることになった。MoMAのこの野心に満ちた企画に招聘されたアジア系の芸術家は彼ただ一人だった。中国の芸術家が含まれていないのは、中国の人権状況に対するニューヨーク画壇の抗議の表れであり、無名の韓国の芸術家が含まれたのは、MoMAのスポンサーである韓国の大企業に配慮した結果だという不確かな噂もあった。そうだとしても、韓国の芸術家に場が巡ってきたのは幸運だった。チョン・グィボとしては重要な飛躍のチャンスだった。

しかしご存じのとおり、チョン・グィボはMoMAから招聘の知らせを受け取るとすぐに自殺と疑われる事故で失踪し、それが更に神秘的なイメージを残した。ある種の遺作展となったその展示会で、グィボは現代絵画の新しい扉を開いた未来のアーティストという評価を得た。MoMAのホームページでは彼の作品の一部といっしょに、次のような少し難解な推薦の言葉が掲載された。

インスタレーション、コンセプチュアル及びビデオアートが牽引（けんいん）する現代アートにおいてフランシス・ベーコンとルシアン・フロイドの新表現主義[*7]以後、チョン・グィボほどアートの具象的本質に到達した画家はいなかった。キャンバスに選んだ古い服と捨てられていた布団カバーは、高度に計算されたチョン・グィボのフェイシャルイメージに絶妙な化学作用を引き起こしている。日本のもの派[*8]をはじめとする脱主観主義の東洋的潮流に呑まれず、ジャクソン・ポロック[*9]のドリップ・ペインティング[*10]が代弁する所謂「過程の美学」に従属もせず、チョン・

＊7【新表現主義】 一九七〇年代後半から八〇年代中頃に最も流行した、後期モダニズムまたは初期ポストモダン美術の様式。
＊8【もの派】 一九六〇年代末から七〇年代中頃まで続いた日本の現代美術の大きな動向。関根伸夫、李禹煥などが主な作家である。
＊9【ジャクソン・ポロック】 一九一二〜一九五六。抽象表現主義を牽引したアメリカの画家。
＊10【ドリップ・ペインティング】 キャンバスを床に置いて、缶に入った絵具を上から直接たらして描く技法。

グィボは人間の顔を普遍的な究極の状態に押し進めた唯一の芸術家だと言える。我々はアジアで道を見つけなければならないということを証明する画家、それがチョン・グィボなのだ。

ヴィンセント・ホークの評は「鷹の鋭い目」を感じるにはあまりにも一般的で、西洋中心主義的であったが、チョン・グィボを注目の対象とするのには不足がなかった。「Kui-Po Chung」の作品を目当てとする外国の画商から、国内のギャラリーに問い合わせが引きも切らずに続いたのは言うまでもない。不在でありながら存在する画家、死んだままで未来となった画家。無償のタッチが創る急進的な前衛性によって人間を再解釈した画家。このような表現でチョン・グィボは修飾され始めた。

これ以後メディアの文化面に掲載される記事は、チョン・グィボに対するニューヨークの評価を大々的に紹介したが、彼の人生についてこうであると言えるほどの情報は提供できなかった。グィボが満四十一歳で、すなわち韓国人の平均寿命のおよそ半分で人生を終えたということが、それらの記事が報じる唯一正しい情報だった。さらに、それらの記事は彼の死が自殺なのかそうでないのか、断定が難しいということを見落としていた。

目撃者によると、チョン・グィボは西海岸の河口のとある渓谷の橋を渡っていて死を迎えた。高さ十五メートル、長さ二十五メートルのかなり目が眩む橋だった。時刻は木曜日の午後三時。天気は薄曇りで、人々に特別な印象を残しにくい空の色をしていた。目撃者たちの証言は単純だった。彼より先に橋を渡っていた中年女性の話だ。

「渡りながら後ろを振り返ってみたんです。四十歳ぐらいかしらと思う男性が、ちょうど橋に差し掛かったところでしたけどね、平凡な登山客の格好でしたよ。何というか、最近はリストラされて平日でも山に来る男性が多いから。でも、彼が橋の真ん中で歩みを止め、身を乗り出して水をじっと眺めたんですよ。ああ、危ない。好奇心旺盛な人だね。そう思った途端、突然強い風が吹いたんです。橋が揺れてね。なにせ吊り橋だから。おや、足の裏が宙に浮いたよ。こう気づいた瞬間、一瞬のうちに消えてしまったんです。あの時は何が起こったのか、ぴんと来ませんでしたね。あまりにも自然すぎて、とんでもないことが起きたと考えることすらできなかったんですから」

この目撃者によれば、グィボは橋の下の険しい渓谷を食い入るように覗いていて、誤って落下したに違いなかった。ちょうどその時間に風が強く吹き、橋がひどく揺れたという証言は、この他にも現れた。吊り橋の事故の危険性を指摘する陳情が日頃から多かったという事実が続けて明らかになった。靴を脱いで飛び降りたのでもなく、遺書を残したのでもなかったので、警察の立場では事故死として処理するのが妥当であった。

しかし、その瞬間を最も近くから目撃した別の登山客による話は異なっていた。かなり年配の男性だったが、元教授である上に、深い皺と重厚な声が十分に信頼感を醸し出していた。彼はチョン・グィボの後ろで橋を渡っていたところ、落下を目撃したと述べた。中年女性の反対側にいたわけで、グィボとは五メートルぐらいしか離れていなかった。彼は確信に満ちた表情で語った。

「この山に十二年間通ってるから、山についてはよく知ってますよ。あそこはそのような事故が起こるほどのところではありませんな。故意でない限り落ちようがないところで、私がこんな話をするのは、吊り橋の真ん中で立っていた彼の表情を目にしたからですよ。どこか暗い表情でした。手摺りをぎゅっと握っていたのに、わざわざ上体を外に押し出したようだったんだ。水を覗き込んでると思っていたら、あっという間にぴょんと飛び越えて落ちましたね。つまり、明らかに身を投げたんです。私は七十二歳です。七十二歳。間違いないんです」

自殺という話だった。チョン・グィボは靴を脱がず、遺書も残さなかったが、そのことで自殺ではないと断定できないことは明らかだった。風が吹いたとのことだが、感覚としてはそよ風程度だった。その橋から人が落ちて亡くなった事例はこれまで二件しかなかった。どちらも自殺だった。吊り橋は幅一・五メートルくらいで、両側にロープの手摺りが設置されていた。手摺りの高さは大人の胸ぐらいまではあって、手摺りの下にもしっかりとネットが張られていた。わざと乗り越えない限り、落下するのは難しそうだった。

郡庁の職員が言うには、陳情を受け入れて吊り橋の総補修工事を終えたばかりの頃だった。橋が危険だったわけではないという趣旨だ。郡庁の職員は、吊り橋というものがどのようにつくられているか、詳しく説明してくれた。そのおかげで私は、山の上の構造物について思いがけない知識まで得られた。当然のことだが、山には木や石だけがあるのではない。そこには、人間がつくった山荘もあり、人間による無数の挑戦と失敗があって、ヘリコプターが巨大な鉄筋を吊して空を飛んでいく時もあるのだ。

自殺という主張を裏付ける状況証拠はそのほかにも多数あった。まず、チョン・

グィボは山歩きを趣味としているような人間ではなかった。特別な理由がなければ一人で山を登る人間ではないということだ。さらに、彼の風景画は山や海ではなく、主に都市のはずれを対象としていた。大学を卒業してから彼は一度も自然を描いたことがなかった。「自然からは表情を見出せない」というのが理由だった。絵を描きに行くはずがなかった。

だから、平日の昼に一人で山登りに行ったとすれば、何か心境の変化があったとみなすのが当然だ。その前日、山の麓の居酒屋で一人で酒を飲んでいたという証言も得られた。間違いなく一人だったと証言した居酒屋の主人は次のように語った。

「ここに一人で来るお客は珍しいから、覚えてますよ。静かに焼酎二本を空けて出て行きましてね。スマートフォンも覗きながら、心ここにあらずという感じで飲んでいました。どこかに電話をかけてましたけど、話し声を大きくすることもなく、酔い潰れることもありませんでしたし。つまみはトットリムック[*11]とキムチジョンで、あ、トットリムックはサービスですよ。自殺しそうな表情だったかって？　そんなこと分かるはずないじゃないですか。顔に書いてあるわけでもないし。でも……、そんなふうに考えてみたら、確かにそんな表情だった気もするし……」

ＭｏＭＡに展示するための創作がうまくいっていなくて自殺したのだというメディアの憶測記事が繰り返されたのは、そのような理由からだった。記事のタイトルは「天才芸術家の早すぎる悲劇」というようなものだったが、末尾に哀悼の意もあって、英雄扱いのお決まりの賛辞を付記する場合も多かった。

様々な論争に終止符を打ったのは、チョン・グィボ自身が作成した遺書だった。遺書は長位洞の彼の部屋、それも本棚に置かれてある本の間から見つかった。疑いの余地のない自筆のもので、人生と死に対する真摯な省察から成る文だった。

「死は人生全体を浮き彫りにする無限の鏡だ」

「死は単純な無ではない。それは我々が永遠に手にすることのできない神秘であり、限りのない出来事が生ずる可能性である」

「我々が存在する限り、死は我々とともにあるものではなく、死が来れば我々はすでに存在しないだろう。したがって、我々は死を恐れる必要がない」等々。

朝刊各紙はチョン・グィボの遺書が発見されたという記事をこぞって報じた。天才

＊11【トットリムック】ドングリの澱粉で作った寒天のようなもの。

画家らしい慧眼(けいがん)で、輝かしい文だという賛辞も添えてあった。死に対するその文は、彼がなぜ極端な選択をしたのかについて、確実に暗示するものとみなされた。

しかし私は、その遺書の全文をここに引用しないことにする。なぜならそれは、私にとってはとても失望する文だったからだ。理由はいろいろだ。まず、その遺書が挟んであったという本は『世界箴言(しんげん)集』だったのだが、それは編者たちが「編集部」まで兼ねるという安物の本だった。本のデザインや紙の質が粗悪なだけでなく、引用文には出典すらなかった。古本屋の千ウォンコーナーでよく売られているようなものにちがいなかった。次に、その遺書に感銘を受けて文化面に全文を掲載した新聞は、翌日、衝撃的な情報の提供を受けないわけにはいかなかったのだ。電話は文化部のデスクで一日中鳴り続けていた。情報提供者が異口同音に証言したのは、チョン・グィボの遺書だと報道されたその文章が、実は彼が読んだその本『世界箴言集』に載っている文言だという事実だった。電話を掛けてきたのはほとんど年配の読者だったのだが、問題の遺書がその本の一部であり、ある文は間違って書き写されているという主張まであった。七十代だという読者は、渦中にある『世界箴言集』の文句を毎朝一つずつ選んで朗誦しているので、記事を見た途端すぐに分かったと説明した。さらに彼は、その本から家訓を選んで額装しているということまで強調した。この情報が事実であることはすぐに確認された。本を手に入れて照らし合わせてみたら、そのとおりだったからだ。

チョン・グィボがなぜ人生と死に関する先人の箴言を書き出し、そこに「遺書」というタイトルを付けたのか、正確には分からなかった。最も単純な主張は、これは真の遺書ではなく、単に本の内容をメモしておいたものに過ぎないというものだった。『世界箴言集』五章のタイトルがまさに「芸術家の遺言」だという説得力のある根拠も提示された。しかしこの主張は、グィボがなぜ「芸術家の遺言」ではなく「遺書」と記したのか、なぜ五章だけでなく別の箇所の文章も混ぜたのかは説明できなかった。

魅力的な解釈もあった。天才芸術家らしくチョン・グィボは死を迎える瞬間までユーモアを忘れていなかったというものだ。お決まりの箴言を真摯な死と重ね合わせる上等な冗談だという解釈があった。しかし、そのような冗談が本当に「上等」なのかというシニカルな反論もあり、その箴言があなたの目にはお決まりのものとして映るのかという多少感情的な反論もあった。チョン・グィボがそのような言葉の揚げ足取りを好むタイプの天才ではなかったという主張も付け加えられた。「上等なユーモア」論はすぐに影を潜めた。

そのほかにも様々な見解が挙げられた。死についての文を一生懸命読みすぎると、本当に死に対する衝動を感じるようになるという精神科医のコラムが掲載され、箴言は教訓と戒めをこめた文章であるから、遺書に箴言を書き写すことは当然のことだと主張する大学の教授もいた。これら全てが悪意のある政治的な作為だという極端な見解はＳＮＳでさえ揶揄（やゆ）され、自殺は自殺であって、何をそんなに複雑に考えるのかという根本的な主張は、弘大前の居酒屋のようなところで流れては消えていった。

しかし、この事件をさらに不可解にしているものは、別なところにあった。事件発生後、一か月がとうに過ぎても遺体が発見されなかったのだ。吊り橋から転落して、岩に二度ぶつかった末に、急流に押し流されたのは間違いないのだが、肝心の遺体を見つけることはできなかった。水中探査の専門要員を含む軍隊と警察の合同捜査団が河口をシラミつぶしにくまなく探しても、何の痕跡も発見されなかった。岩に残った血痕が一切の証拠だった。リュックサックや靴のようなものでさえ見つからなかった。

海と出会う河口付近では川幅が広く、深くなる。遺体は海流に支配され、川底ではなく海という巨大な世界に属するのだ。チョン・グィボはすでにその巨大な世界の一部となっているかもしれなかった。そうであれば、遺体を見つけることは砂漠から砂粒を、葦（あし）の茂みから針を見つけ出すようなものだ。これは、遺体の確保に予想以上のハードルがあるものとして、警察の上層部が付け加えた比喩だった。

　だがチョン・グィボは事件発生から四か月後、広くて深くて暗いその海の深淵からその姿を現した。とうとう遺体が発見されたのだ。連絡をもらったのは、グィボが失踪してからぴったり百二十日目となった日の夕方で、秋が深まりつつあった。私が暮らすマンションの窓の向こうでは、黄昏を背景にして落葉が絵画のごとく散っていた。万物の凋落は、こうやって自分だけの表現方法を持つようになるのだ。腕組みをしたまま私は、そんなものさびしい考えにふけっていた。

　その頃、私は評伝の執筆を中断しようと決心していた。チョン・グィボの人生については何も語る言葉がないというのが、私の判断だった。契約金を受け取ったこの時期に、無責任で性急な判断だと分かっていたが、語るべきものがないのはどうしようもないではないか。第一に私はヴィンセント・ホークではないから、抽象的できらびやかな論理でもって彼の作品を弁護するつもりはなく、チョン・グィボが韓国人だという理由でもって、我が民族が生んだ天才だとか何だとかいう誇張と美化に明け暮れたくもなかった。彼の遺体が発見されたという、出版社の社長による急ぎの電話をもらう前までは。私とは美大の同窓でもある社長は少し興奮した声で急報を伝えた上で、こう言い添えた。おい、早く取材を始めろ。他が手を打つ前に。

遺体を見つけたのは海辺で遊んでいた兄妹、小学校三年生の女の子と五年生の男の子だった。両親は水産協同組合の共同販売に働きに行っていて、学校から帰ってきて海辺で遊んでいたところ、チョン・グィボを見つけたとのことだった。残念ながらそれほど神秘性のある話ではなかった。子どもたちは、グィボが初めは死んだ状態ではなく、海から「よろよろ歩いて出てきた」と証言した。近所のおじさんだと思ったが、よく見たら知らない人だった。力なく首をうなだれたままで、服は水着や潜水服ではなく登山服だった。グィボが山に登るときに着ていたあの服だった。

海辺に歩いてきたグィボは、あまりにも泳ぎすぎて精根尽き果てた人のようにその場でぐったりとくずおれた。兄妹は、海から歩いてきた男が自分たちをじっと見つめた末に倒れ、それで何も言葉が出てこなかったと証言した。この言葉によれば、彼は百二十日間海の中にいて、生きたまま歩いてきたことになる。多分子どもたちが恐ろしさのあまり錯覚したのだろう。社長はそう言い、私は同意した。波に乗って海辺に押し寄せられた遺体を目にした小学生であれば、そのような幻想にとらわれることもあるかもしれない。恐怖という感情は私たちからありとあらゆる幻想を引き出すではないか。

電話を切ったとき、私は思いがけない欲望に駆られていた。止まっていた心臓が波打つような感じだった。チョン・グィボの遺体を日の当たりにできたら評伝を始められるかもしれない、その遺体はチョン・グィボに関する長い文章の唯一の出発点かもしれない、このような考えで頭の中がいっぱいだったのだ。それは私としても不意の熱望だと言えた。少々突拍子もないように聞こえるかもしれないが、私にとってその熱望は愛とか憎悪のような感情からかけ離れたものだった。それは執着でもなく、好奇心や義務感でないことはなおのことであった。さらに不思議に聞こえるかもしれないが、私はこれを「永遠の探求熱」と呼ぶことにした。

チョン・グィボの遺体をこの目で確認するために、彼が安置されているという、海岸沿いの小都市にある総合病院に急いだ。記者は誰もおらず、斎場[*12]すら準備されていない状態だった。私は深夜に管理室の窓ガラスを叩かなければならなかった。うたた寝から目を覚ました管理人が窓を開けた。六十代半ばで、疲れた顔にぽつぽつとシミが広がっていた。眠るために帰ることが唯一の目的だ、そんな顔をしていた。

彼は、チョン・グィボの遺体を見たいという私の頼みを一言で突っぱねた。規則上、不可能だというのだが、それはすでに予想していたことだった。彼に想定を上回る金額の謝礼をしなければ、グィボの遺体をこの目で確認することはできなかった。時間は夜の十二時を過ぎていて、海風の吹く寂寞とした病院の寂寞とした霊安室だった。管理人が鍵の束を探して安置室の扉を開け、三番という番号のついた遺体用冷蔵庫を引き出すまでの時間が限りなく長く感じられた。

防腐保存されているわけでもないのに、遺体はきれいな状態だった。溺死だとは信じられないほど、変わったところのない姿だった。さらに生々しさまで感じられた。膨張もしていなくて、傷もなかった。目と鼻と口がきちんとあるべき場所にあった。顔には全く表情がなかった。今にも上体を起こして、「誰ですか？」と尋ねそうな顔とでも言おうか。チョン・グィボは生きているときの姿そのままに、百七十二センチ、七十一キロの体型すら少しも変わらないまま横たわっていた。

どんな処理をどうやって行ったのかという私の質問に、管理人は、自分は勤務を交代したばかりだから答えてやれない、明朝に直接病院に問い合わせてくれと、かったるそうな声で答えた。鍵をたくさんぶらさげて安置室の扉にもたれかかっている彼を眺めていたが、私は遺体へもう一度目を転じた。

これが百日以上もの間、海の底をさすらった遺体なのだろうか？　そうでなければ、彼が生きて歩いてきたという子どもたちの言葉が事実だというのだろうか？　私は何も信じられなかった。信じられないだけでなく、我慢すらならなかった。奇妙な悲しさが胸から滲み出てきた。私は安置室のかすかな蛍光灯の光の中で呆然と立って、しばらくチョン・グィボの顔を眺めた。この夜がいつまでも続くような気分だった。

翌日私は社長に電話をかけた。たやすくはないが、チョン・グィボに関する文章を改めて書き始めようと思うと告げた。社長は、書かないつもりだったのか、全く藪から棒にと不満そうな反応だった。私は何の返事もしなかった。

もちろん、今だもって執筆が遅々として進まない状態から抜け出せずにいる。チョ

＊12【斎場】　韓国の総合病院では、斎場や葬儀場が併設されているところが多い。

ン・グィボの芸術については評論家が語る問題であるが、彼の人生を探求することは、いわゆる評伝を書くという私の役割ではないか。しかし私は、何をどう始めたらいいのかすら分からなかった。彼の人生を年代別に整理するのか、大きな事件別に整理するのか、いくつかの時代に分けたらいいのかも判断できなかった。大体、軒先からの雨だれに反射する陽の光だとか、おい、くそったれ、女が好きなんだ――とか、双子を同時に愛するということは果たしてどういうことなのか？　そのようなことに意味をもたせて、ああだこうだと整理することにどんな意義があるのだろうか？　そのようなことを書こうとする私という人間はいったい何であろうか？　評伝ではなくむしろ年譜だけで一冊の本を作ったほうがいいんじゃないか？　時系列に沿って徹底して客観的であり、確認できる情報のみでできあがった本ということだ。もしそれがたった一ページの本だとしても……。

今私は、チョン・グィボが死を迎える前日の晩に一人で酒を飲んだという居酒屋の席で、この文章を書いている。年季の入った木のテーブル六台と丸太の椅子が、とても長い歳月をそうやって経てきたというように湿っぽい香りを放っている。常連ではない登山客たちをもてなすつまみは居酒屋らしくバリエーション豊かで、トットリムックもあり、キムチジョンやパジョンもあって、さらにサバの塩焼きもある。

亡くなる一日前のチョン・グィボになったつもりで、私はトットリムック（店主がサービスしてくれたものだ）とパジョンを前にして、漠然とした感情に浸っている。特別に悲観的な気分だと言いたくはない。私は誰かに電話を掛けて声を大きくするつもりはなく、酔いつぶれて暴力沙汰を起こすこともないだろう。ただ私は、何かが私の中から少しずつ湧き起こっていることに気づいている。ひょっとしたらそれは、チョン・グィボの人生に関するとても長い文章の書き出しのようなものかもしれない。結びの文のない……短くて素っ気ない……最初の文なのだ。一文目から二文目が生まれ、二文目から三文目へと続き、三文目からまた別の文が生まれるのだ。そうしたある日、私はそこで何事もないように歩いてくるチョン・グィボを目にするかもしれない。海岸で遊んでいる私たちに向かって近づいてくる、私たち皆のチョン・グィボを。

訳者解説

本作は、イ・ジャンウクの短編集『キリンではないすべてのもの（기란이 아닌 모든 것）』に収載されている一編である。彼の小説は、淡々としたリアリティあふれる筆致で物語が進み、写実主義小説を思わせるが、読者はいつの間にか謎めいた世界に迷い込んでおり、ファンタジーを読んだような不思議な読後感を覚える。「現実をありのままに描くことがこの世の真実に迫ることではない」と考えるイ・ジャンウクの虚構は、常に幻想的であり、それが彼の作品の魅力となっている。

イ・ジャンウクは一九六八年にソウルで生まれた。一九九四年、「現代文学」に詩を発表して文壇デビューを果たす。二〇〇五年、長編小説『カルロの愉快な悪魔たち（칼로의 유쾌한 악마들）』で文学手帳作家賞を受賞後、数々の小説

を発表する。二〇一〇年に初の短編小説集『告白の帝王（고백의 제왕）』を刊行し、二〇一一年に短編小説「谷蘭（곡란）」で第一回ウェブジン文知文学賞を、同年、短編小説「イヴァン・メンシュコフの踊る部屋（이반 멘슈코프의 춤추는 방）」で第二回若手作家賞本賞を、二〇一四年に本作「私たち皆のチョン・グィボ」で第八回金裕貞（キムユジョン）文学賞を受賞した。二〇一六年には詩集『영원이 아니라서 가능한（永遠ではないので可能な）』で第二十四回大山（テサン）文学賞（詩部門）を受賞している。現在は東国大学文芸創作科の教授、季刊「創作と批評」の編集委員なども務めている。

韓国では、詩人としてデビューしてから小説を書き始めることも珍しくないが、イ・ジャンウクは詩と小説の両方において今も旺盛な創作活動を続けており、詩人、小説家、教授、文学評論家として様々な方面で多才に活躍している。

物語は、「私」が、MoMAに招聘されて一躍天才画家として注目されるようになった途端、謎の失踪をしたチョン・グィボの評伝を書くために、彼の人生をたどることから始まる。「特筆に値することのない経歴」「平凡な学生時代」など、何の変哲もなく描かれているチョン・グィボの人生は、同じ時代を生きた一般的な韓国人の人生そのものでもある。著者は、韓国が経済発展と民主化を遂げ、大きく変貌していく一九七〇年代から二〇一〇年代までを背景にして、とてもリアルに淡々と、風刺を込めながら物語を進める。

　ここで、韓国人の読者が誰でも「ああ、そういえばこんなこともあった」と実感するこの作品の時代背景について、簡単に触れてみよう。

　一九七〇年代の韓国は、朴正熙（パクチョンヒ）軍事政権下にあり言論等の自由が厳しく制限されていた時代であるが、「漢江（ハンガン）の奇跡」と言われた高度経済成長期に入った時代でもある。六〇年代頃からソウルや仁川、釜山など都市部への人口流入は始まっていたが、チョン・グィボが生まれた七二年の「第一次国土開発総合計画（一九七二〜八一）」と翌年の「重化学工業化宣言」による著しい工業化に伴って、人々の都市部への移住はさらに加速した。グィボの両親が潭陽からソウルに引っ越してきたのもこの頃だ。グィボと同じ湖南（ホナム）出身者（全羅南道（チョルラナムド）と全羅北道（チョルラプクト））の移住が特に多く、その大半は日雇い労働など、グィボの父親のように「労苦を厭わず力仕事」をして生計を立てていた。

急速な近代化を無理に進めたことで、七〇年代後半から経済成長は下降し始め、また、政権内による反朴闘争により朴正熙政権はほころびを見せ始める。工業化、近代化の中、劣悪な労働環境を強いられていた労働者による労働争議、民主化を求める学生運動なども頻発する。七九年十月二十六日に朴正熙が、中央情報部（KCIA）の部長であった金載圭（キムジェギュ）に暗殺されると、これらの社会運動が全国で繰り広げられるようになり、八〇年の光州民主化抗争や、中学三年生だったグィボが「高校の先輩たちにくっついてデモに参加した」という八七年の六月民主化抗争へとつながっていく。

八八年にソウルオリンピック（韓国では「八八（パルパル）オリンピック」と呼ばれることが多い）を迎え、ソウルには「浮かれた雰囲気」が漂う。グィボは大学三年のときに兵役に赴くが、九〇年頃の兵役期間は三年間で、徴兵検査の結果により「現役」「補充兵」「第二国民役」に分かれていた。「現役」は二十歳になると兵役につかなければならない。軍隊内のいじめは相当なものであった。どんなに軍隊生活がつらくても、時が過ぎれば必ず除隊の日がやってくることから、「거꾸로 매달려도 국방부 시계는 간다（逆さに吊されても国防部の時計は進む。つまり、

国防部の時計が逆さになっても、時間は過ぎて軍隊生活は終わる）」という言葉が流行した。今でも人気のある、キム・グァンソクの歌「二等兵の手紙」がヒットしたのもこの頃である。

兵役についてはもう一つ面白い表現が本文で使われている。「고무신을 거꾸로 신다（ゴム靴を逆に履く）」だ。グィボが大学時代に恋愛をしたチョ・ヨンスクは、グィボの兵役中に心変わりをするが、このように女性が恋人の除隊を待てずに他の男性に乗りかえる（履きかえる）ことを「고무신을 거꾸로 신다」と言う。兵役中の失恋は特別なことではなく、この表現も昔からよく使われている。

さて、前述の光州民主化抗争など、学生と市民による民主化闘争により民主化をやっと達成した韓国は、九三年に文民政権の金泳三（キムヨンサム）政権が誕生する。言論の自由も保障され、九一年には国連への加盟を、九六年にはＯＥＣＤへの加盟も果たすが、九七年のアジア通貨危機（韓国ではＩＭＦ危機という）によりどん底の不況状態に陥る。失業者があふれる中、グィボはかろうじて中堅の家具会社に就職できるのである。

九七年十二月に誕生した金大中（キムデジュン）政権は、ＩＭＦの管理のもと財閥改革等に着手し、九九年には韓国経済を大きく回復させる。そして、二〇〇二年には日韓共催によるＦＩＦＡワールドカップが開催された。二〇〇〇年代後半には韓国企業のグローバル化が進み、世界市場でトップに上り詰める企業も現れ、韓国企業がスポンサーとなる美術展やスポーツ大会なども増えてくるのである。

ひょっとしたら読者の中にはチョン・グィボを実在の画家と思って読み進めた人もいるのではないだろうか。そう思わせるほど、チョン・グィボが天才として注目されるようになるまでの過程はリアリティにあふれているのに、いつの間にか異世界に紛れ込んだようになり、思いもよらない結末を迎える。この描き方こそが著者の真骨頂だ。洗練された文体には至るところにユーモアや風刺もあって（皮肉をこめてあえて難しく書かれている部分もあり、原文を尊重して翻訳することを心がけた）、読者を飽きさせない。

物語の「私」は、チョン・グィボの人生について何も書くことがないとしながらも、母親や昔の恋人など関係者から細かく話を聞いて、彼の人生を詳（つまび）らかにしていく。しかし、「私」はチョン・グィボの人生を探求して評伝を書くのに、彼の人生を年代別か、大きな事件別か、どのように整理したらいいのか悩む。軒先からの雨だれに反射する陽の光だとか、「おい、くそったれ、女が好きなんだ」――とか、双子を同時に愛したことに意味をもたせて整理することにどんな意義があるのだろうかと考えあぐね、挙げ句に、自分は何者かと苦悶する。その結果、短くて素っ気ない一文からこそチョン・グィボの物語は始まると悟る。人生というものは、特筆すべきことが常に連なっているわけではない。何の変哲もなく、特別な人生観も持っていなかったチョン・グィボは私たち皆のチョン・グィボであり、何事もなく歩いてくるかもしれないチョン・グィボには無限性が秘められていて、永遠にページはめくられていくのだ。

著者は、「私」がチョン・グィボの関係者から集めたエピソードや、彼の描く「顔」を通して、さりげなく人生や恋愛、死について、小説を書く姿勢について語っている。さらに、自分と同じ物書きを作中の語り手としたことで、人の生き様と徹底的に向き合って文章にすることの果てしなさと、その果てしなさを超越して人生の物語をつくりたいという欲望をも書き込んでいる。どんな書き出しにして、どう文章はつながっていくのか……。

小説家の呉貞姫（オジョンヒ）は金裕貞文学賞の審査評で、「平凡な才能が天才的なものとして浮上し、注目を浴びるようになるまでの過程と、予想もできない結末、そして読後の長い余韻と省察によって、特別なことのない私たちは皆それぞれに無限の世界を抱き、それぞれが物語であるということを気付かせてくれる」と述べている。読み終わった後に余韻にひたっていると、その場でもう一度読みたくなってくる不思議な作品だ。


イ・ジャンウクの他の作品も紹介する。

短編集『キリンではないすべてのもの』の表題作「キリンではないすべてのもの」では、「キリンではないすべてのものについて語ってあげましょうか？　私がこう語ったら、あなたはどのように考えますか？」という「私」の問いかけで物語は始まり、ディテールを描き込んだ筆致で読者を引き込む。「キリンではないすべてのもの」とは何なのか。「私」は誰に対して何について語っているのか。虚実織りなす物語はミステリアスで耽美的でもあり、三島由紀夫の『金閣寺』を彷彿させる。

長編小説『天国より奇妙な（천국보다 낯선）』は、若手作家の秀作を集めた民音社の「今日の若い作家シリーズ」四巻目として出版された。大学時代の仲間が交通事故で亡くなり、車で葬儀場に向かう男女三人による道中が物語の主体である。三人が一章ごとに同じ状況、事件を語っていくが、視点は三者三様だ。同名の映画「ストレンジャー・ザン・パラダイス」（映画の原題「Stranger Than Paradise」の韓国語訳が小説のタイトルと同じ「천국보다 낯선」である）を登場させるロードムービー形式、手の込んだ小説技巧は読者を最後まで楽しませてくれる。

イ・ジャンウクの小説が日本でこのように紹介されるのは初めてであるが、詩については、『STUDIO VOICE』vol. 415に「キリンとキリンではないすべてのものの隙間で」が吉川凪さんの訳で紹介されている。

洗練された言葉と文章で読者を不思議な世界にいざないながら、幅広いジャンルに果敢に挑戦し続けている彼の作品が、これから日本で多く紹介されることを願っている。

우리 모두의 정귀보

무명이었다가 사후에 유명해진 화가 정귀보(鄭貴寶, 1972~2013)의 인생은 놀랄 만큼 단조로운 것이었다. 나는 미술을 전문으로 하는 모 출판사의 다급한 청탁을 받고 화집을 겸한 평전 집필에 착수했지만, 특기할 만한 것이 없는 이력 탓에 고민에 빠졌다.

정귀보가 태어난 곳은 담양이었지만 그건 정귀보를 설명하는데 별다른 도움이 되지 않았다. 그의 부모는 당시 시내에서 약간 떨어져 있는 초등학교 앞에서 문방구를 운영했는데, 문방구라는 가게는 특별히 영업 수완이 필요한 것도 아니고 약간의 부지런함만 있으면 되었기 때문에 운영에 큰 문제는 없었다. 부모 모두 살아오면서 누군가에게 심각한 원한을 산 적도 없었고, 특별한 인생관을 가진 적도 없었으며, 삶의 의미 같은 걸 추구한 적도 없었다. 그런 건 그냥 다른 세계의 이야기였다. 옆의 가게들이 백반집에서 떡볶이집으로, 떡볶이집에서 오락실로 바뀌는 동안, 그들은 유리 진열장 하나 바꾸지 않고 문방구를 지켰다.

하지만 정귀보가 태어나고 말을 채 배우기도 전에 그의 부모

는 서울로 이주했다. 그의 모친 말로는 "벨다른 이유는 읎"었다. 비가 부슬부슬 내리던 1974년 가을의 어느 아침, 지금은 고인이 된 부친이 가게 셔터를 열고 돌아서다가 차양 끝에서 톡, 톡, 떨어지는 빗방울을 보았다고 한다. 그런데 그 빗방울에 얼비친 햇빛이 하도 애처로워서, 문득 이사를 가볼까 그런 생각이 들었다는 것이다. 이왕이면 서울로, 하는 생각이 자연스럽게 따라왔는데, 뜬금없다는 느낌보다는 아 왜 이제야 이런 생각이, 하는 기분이었다고 한다. 훗날 정귀보의 모친은 혼자 앉아 뜨개질을 하거나 텔레비전을 보다가 그 시절이 생각나면, 그 양반이 그날따라 쪼까 바람이 들었제—라고 중얼거렸다. 그렇게 말할 때 그녀의 입가에는 쓸쓸한 미소가 살짝 스쳐갔는데, 그녀 자신은 그걸 깨닫지 못하는 모양이었다.

부모를 따라 서울로 옮겨온 뒤로 정귀보는 담양에 간 기억이 거의 없었다. 상경 후 일을 못 찾아 막노동까지 하던 부친이 다소 이르게 세상을 뜬 탓도 있고, 담양에 남아 있던 몇 안 되는 친척들 역시 광주나 서울, 또는 인천 같은 곳으로 흩어져버렸기 때문이었다. 그러니까 1974년 가을에 그의 부친이 망연히 바라보던 비 내리는 아침이라든가, 그 아침의 차양 끝에 매달려 있던 작은 빗방울이라든가, '담양 태생'이라는 약력은, 정귀보라는

인간을 설명하는 데 그리 도움이 되지 않았다. 후에 정귀보는 서울 변두리, 이를테면 하계동이나 방학동 또는 장위동 부근에 살면서 평범한 학창 시절을 보냈다.

정귀보는 남들이 학교에 들어갈 때 들어갔고, 졸업할 때 졸업했으며, 인생의 중대한 결단 같은 것에 직면한 적도 없었다. 학창 시절의 성적은 중위권 정도로 아무도 성적 같은 것으로 그를 주목한 적은 없는 것 같았다. 중학교 3학년이던 1987년에 고등학교 선배들을 따라 시위에 참가하기도 했지만, 집에 돌아와서는 곧 다음 날의 국사 숙제에 몰두했다. 고교 입학 후에는 점심시간에 벌어진 몇 번의 패싸움에 휘말린 적이 있고, 2박 3일 동안 가출해서 서울역 근방의 뒷골목을 전전한 일도 있었다. 물론 그건 그 시절 그 또래의 남학생들이라면 누구나 작은 훈장처럼 이마에 붙이고 다니는 사건이었다.

교내 합창대회 우수상이나 1년 개근상 상장을 받은 적도 있지만, 그건 버리기도 그렇고 오랜만에 꺼내 봐도 별다른 감회가 들지 않는 기념품들이었다. 사생대회 같은 곳에는 나간 기록조차 없었다. 그래서 "어린 시절부터 드로잉에 재능을 보여" 등의 빤한 문장조차 쓸 수 없었다. 생활기록부에는 "성격 활달하지만 말이 없는 편"이라든가 "의외로 내성적이지만 인사성 밝음" 따

위의 알쏭달쏭한 평들이 씌어져 있었다. 그건 고등학교 시절 정귀보의 담임을 맡은 교사가 우연히도 3년 내내 같은 사람이었기 때문이다. 그 교사는 고질적인 우울증을 앓고 있었는데, 인간은 언제나 양면적이며 모순적이기 때문에 도무지 알 수 없는 존재라고 믿는 사람이었다. 당연하게도 그는 그 무렵 신춘문예에 매년 소설을 투고하고 있었다. 말하자면 작가 지망생이었던 셈인데, "이 응모자는 소설이 인생을 닮으려 하면 할수록 인생과 멀어진다는 점을 유념하라"는 이상한 평을 받고 그 평을 쓴 원로 작가에게 항의 전화를 걸기까지 했다. 그는 그런 말도 안 되는 평을 듣느니 소설을 때려치우겠다고 선언했는데, 원로 작가는 그의 말을 처음부터 끝까지 침착하게 듣고 난 뒤에 다음과 같이 대꾸했다고 한다.

"그렇습니다. 그것도 좋은 방법이지요."

정귀보는 고등학교를 졸업한 후 서울 근교에 위치한 한 대학의 서양화과에 들어갔다. 입학이 그리 까다롭지 않은 학교였기 때문에 실기가 부실했는데도 무난히 들어간 모양이었다. 정귀보가 그린 아그리파는 여러모로 단순하고 서툴러 보였는데, 평점을 매기던 세 명의 교수들은 정귀보의 그림이 다른 응시생들

의 작품에 비해 기본기가 떨어진다는 점에 충분히 동의했다. 다만 그들은 정귀보의 아그리파에서 다소 묘한 점을 발견했다. 다른 조각상에 비해 아그리파는 깊이 파인 눈의 어둠을 표현하는 게 중요한데, 정귀보의 데생에서는 눈뿐 아니라 코와 입술 등 여러 곳의 명암이 논리적이지 않았던 것이다. 하지만 교수들은 그 어긋남이 이상하게 생동감을 준다는 점에 동의했으며, 전날 회식 자리에서 자신들이 나눈 이야기, 즉 기본기의 완성도보다는 향후의 가능성이 중요하다는 이야기를 동시에 떠올렸다. 그리고 명암조차 정확하게 표현하지 못하는 그 학생에게 자신들도 놀랄 정도로 후한 점수를 주었던 것이다.

대학에 입학한 정귀보는 저학년 시절에 한두 번 연애 비슷한 것을 하기도 했다. 하지만 그리 심각한 수준은 아니었던 모양으로, 정귀보 스스로 그 시절 만났던 여자들은 이름조차 기억하지 못한다고 회고한 바 있다. 그건 정귀보의 기억력에 문제가 있어서가 아니라, 그 여자들이 정말 그의 마음을 살짝 스쳐간 수준이었기 때문이다.

정귀보의 인생에서 '심각한 연애'로 기억되는 여성은 세 명 또는 네 명이었다. 세 명 또는 네 명이라고 애매하게 말한 데는 이유가 있다. 그 가운데 두 사람이 쌍둥이였기 때문이다. 정귀보

가 쌍둥이 자매를 한꺼번에 좋아했기 때문에, 세 명 또는 네 명이라는 표현은 어느 정도는 사실에 근접한 것이었다. 쌍둥이를 한 사람으로 느꼈는지, 전혀 다른 둘로 느꼈는지는 지금까지도 명백히 밝혀진 바 없다. 아마도 정귀보 자신조차 확언하기는 어려웠을 거라고 생각한다. 어쨌든 심각한 연애 상대가 세 명 또는 네 명이라면, 그리 많지도 적지도 않은 숫자라고 할 수 있겠다.

대학 시절의 연애 상대는 조영숙(가명, 1973~)이라는 같은 과 후배였다. 조영숙은 정귀보의 애정 고백을 듣자마자 그 자리에서 키스를 해주었다고 술회했다. 정귀보는 3학년이었고 그녀는 2학년이었으며, 장소는 방과 후의 실습실이었다. 그는 실습용 앞치마를 두른 채 조영숙의 입술을 허겁지겁 핥았다. 그녀의 허리를 감싸 안고 놓지 않았다. 아, 그때 그 사람, 온몸을 부들부들 떨더라니까요. 그게 귀여웠지. 너무 진지하고 순진하달까?

그렇게 말할 때 조영숙의 표정에는 약간의 자부심과 함께, 회상하는 사람 특유의 습기 찬 눈빛이 스쳐 갔다. 그녀는 이어서 정귀보의 손이 어떻게 자신의 가슴과 엉덩이를 만졌는지, 그 손길이 얼마나 예민하게 떨렸는지, 텅 빈 실습실의 이젤 쓰러지는 소리가 어땠는지 등을 다소 지나칠 만큼 세세하게 묘사했다.

하지만 대학 시절의 연애가 대개 그렇듯 그들은 헤어졌다. 이유는 명확하지 않았다. 단지 그녀는 정귀보를 만날 때마다 이상하게도 감정이 휘발되는 느낌을 받았다고 진술했다. 정귀보가 눈앞에 없을 때는 견딜 수 없는 그리움이 차올랐지만, 정작 그와 함께 있으면 아무런 감정도 느낄 수 없었다는 것이다. 실제로 곁에 있으면 감정이 사라지는 사람을 일생의 연인이라고 할 수 있을까요? 아, 그렇다고 제가 특별히 열정적인 사랑을 원한 건 아니에요. 취향상 나는 미친 사랑의 노래보다는 따뜻하고 지속적인 감정 쪽을 좋아하니까. 미친 사랑의 노래는 대개 자기최면에 불과하잖아요.

조영숙은 다소 수세적으로 그렇게 설명했는데, 그러면서 인생을 아는 사람 특유의 쓸쓸함을 느끼는 것 같았다. 눈가의 주름이 미세하게 떨렸다. 자신의 내면을 드러낼 때의 긴장감이 그렇게 만들었을 것이다. 그녀는 인생이라는 것이 결국, 불꽃이 점화되었다가 천천히 식어가는 과정이라고 믿는 낭만적 허무주의의 세계를 살아가고 있었다. 그녀는 정귀보에 대해 다음과 같은 결론을 내렸다.

귀보 씨는…… 멀리 있어야만 가까이 있을 수 있는 사람이었어요.

그런 이유로 그녀는 정귀보를 떠났다. 이별의 과정은 상투적이었다. 정귀보가 군대에 갔을 때 고무신을 거꾸로 신은 것이다. 그녀는 그간의 사정과 자신의 마음을 솔직하게 설명하는 편지를 정귀보에게 보냈다. 하필이면 힘든 곳에 있을 때 이런 편지를 보내서 미안하다는 말은 P. S.로 덧붙였다.

정귀보는 탈영을 하거나 자살 소동을 벌이지는 않았다. 애수에 찬 답장을 적어 보내지도 않았으며, 원한에 사무친 표정으로 그녀의 집 앞에 나타나지도 않았다. 휴가를 나왔을 때 홍대 앞 카페에서 그녀를 만나 아쉬움을 표한 적이 있지만, 약간의 시간이 흐른 뒤 조용히 모든 것을 수긍하고 그녀의 시야에서 사라졌다. 정귀보가 마지막으로 그녀에게 남긴 말은 여러 면에서 암시적인 것이었다.

안녕. 아름다운 동화에서 한 페이지를 찢어냈는데도 이야기가 연결되는 느낌으로, 그렇게 살아갈게.

이 고별사는 조영숙에게 강한 인상을 남겼다. 그녀는 슬픈 동화의 주인공이 된 것 같은 기분에 잠겼다. 영원히 찢어진 한 페이지라는 로맨틱한 비극의 세계로 내던져진 느낌이었다. 그것은 쓸쓸하면서도 달콤한 고독의 감정을 그녀에게 남겨주었다.

그런데 대학을 졸업하고도 한참 시간이 흐른 뒤에, 그녀는 정

귀보를 자꾸 생각하고 있는 자신을 발견하게 된다. 그것은 아직 남아 있는 사랑의 감정 때문은 아니었다. 그 사람, 이렇게 말하면 이상하지만, 지금도 내 주변에 있는 것 같은 착각이 들어요. 날 스토킹한다는 말이 아니라 그냥 그런 느낌이 든다니까요. 내 삶의 모든 페이지에서 여전히 그 사람이 살아가고 있는 느낌이랄까요. 페이지를 넘기면 그 자리에서 숫자가 차례차례 바뀌듯이 말예요. 물론 어느 페이지는 찢어진 채 버려져 있겠지요……

3학년 2학기에 휴학을 하고 현역병으로 입대한 뒤 실연을 당했으니, 정귀보로서는 쓸쓸한 청춘이라고 할 만했다. 처음에는 연인의 변심 때문에 약간의 고통을 받았지만 큰 문제가 될 정도는 아니었다. 밤에 불 꺼진 내무반의 캄캄한 천장을 바라보고 있으면 슬픔과 쓸쓸함이 함께 몰려왔다. 하지만 우울과 고독을 가만히 느껴볼 겨를도 없이…… 잠이 쏟아졌다. 그것이야말로 병영이라는 곳의 지극한 장점이다—라는 것이 후일 정귀보의 회고였다.

그 후 군 생활은 대체로 순조로웠다. 이병 때 사수의 집요한 괴롭힘에 시달리기도 했지만, 그건 흔하디흔한 고충일 뿐이었다. 나중에 상병이 되었을 때는 정귀보 역시 후임을 갈구거나 심지어 구타하기까지 했던 것이다. 김일성이 사망했을 때 군 전체에

데프콘 3이 떨어졌던 것, 야간 행군 때 뒤꿈치가 상한 걸 방치한 탓에 파상풍 판정을 받고 서울 창동에 위치한 국군병원에 입원했던 것 등이 그나마 기억할 만한 사건이었다. 말년에는 외박을 나갔다가 임질을 얻어 온 일도 있었지만, 그건 전역이 얼마 안 남은 사병들에게는 드물지 않은 추억이었다. 정귀보 역시 거꾸로 매달려도 국방부 시계는 간다고 습관적으로 중얼거리는 대한민국 육군의 일원이었으나, 그렇다고 그의 국가관에 문제가 있다고 보기는 어려웠다. 나중에 2002년이 되었을 때는 거리에 나가 '대~한민국'을 목청껏 외치기도 했던 것이다.

정귀보는 제대하자마자 복학을 했고 졸업할 때가 되어 졸업했다. 회화 작업을 했지만 별다른 열정은 없었다. 열정이 없었으니 눈에 띄는 진전도 없었다. 졸업 전시회에도 참여했지만 아무도 관심을 보이지 않았다. 서울 변두리 도로변을 걸어가는 행인들의 모습을 전통적인 유화 작법으로 재현한 그의 작품은 말 그대로, 눈에 뜨이지 않았다. 그것은 가운을 빌려 입고 찍은 졸업사진 속의 정귀보가 눈에 뜨이지 않는 것과 마찬가지였다.

정귀보는 취직이냐 예술이냐, 유학이냐 국내 잔류냐 같은 고민도 해본 일이 없었다. 산업디자인을 전공하지 않았는데도, 아는 선배의 적극적인 도움으로 중견 가구 회사에 계약직으로 자

리를 잡았다. 입사하고 얼마 지나지 않아 IMF가 터졌으니 불행이 그를 간신히 비켜 갔다고 할 만했다. 까탈스러운 선임 디자이너 밑에서 정귀보는 성실하게 일했다. 트렌드 조사에 심혈을 기울였고 모델하우스에도 열심히 나갔다. 덕분에 그는 2년간 계약을 연장할 수 있었고, 그 뒤에는 정규직으로 자리를 잡았다. 회사 사람들의 평판도 나쁘지 않았다. 정귀보 자신도 회사라는 조직에 그리 큰 거부감을 갖지 않았다. 당시 그 가구 회사는 싱크대 등 시스템키친의 점유율이 업계 상위권이었다. 그러니 오늘날 우리는 우리도 모르게 정귀보의 손길이 곳곳에 배어 있는 집에서 살아가고 있는지도 모를 일이다. 적어도 그런 싱크대에서 설거지는 하고 있다고 보아야 한다.

하지만 2002년 서른을 갓 넘긴 나이에, 정귀보는 불현듯 회사를 그만두게 된다. 갑자기 예술에 대한 열정이 샘솟았다거나 조직 생활에 환멸을 느꼈기 때문은 아니었다. 싱크대와도 무관한 일이었고 월드컵 4강의 환호 때문은 더더욱 아니었다. 어느 비 내리는 아침 출근길 버스 정류소의 표지판에서 톡, 톡, 떨어지는 빗방울을 보았기 때문인지도 모르지만, 아마도 "벨다른 이유는 없"었던 것인지도 모른다.

알려진 바에 따르면, 정귀보가 그리 충동적인 유형의 인간이

었던 것 같지는 않다. 오히려 충동적인 성향을 예술적인 성향으로 미화하는 미술대학의 분위기에 비판적이었다는 회고도 있다. 특히 예술가입네 폼을 잡으며 충동과 욕망을 제어하지 않는 동료들에게 호의적이지 않았다. 충동과 욕망이란 그저 동물적인 것이며 동물적인 것이 곧 예술적인 것은 아니다—라는 다소 허술한 논리를 펴곤 했다. 정귀보 역시 술자리에서 욱하는 성질을 못 이겨 선배와 주먹다짐을 벌인 적도 있지만, 곧바로 사과하고 예전과 같은 관계를 유지하기 위해 노력했던 것이다.

정귀보가 경기도의 한 갤러리에서 개최한 공모전에 입선한 것은 가구 회사를 그만둔 직후였다. 그게 아니라 공모전에 입선했기 때문에 가구 회사를 그만둔 게 아니냐—는 의견도 있으나, 사직서의 날짜와 공모전 날짜를 따져보면 확인되지 않는 주측에 불과했다. 공모전을 연 갤러리가 오픈한 지 얼마 안 된 탓에, 그해에는 지원작이 적었고 선정작은 유난히 많았다. 정귀보의 작품은 일러스트 느낌이 나는 인물화—지금도 정귀보 예술의 득의의 영역으로 인정되고 있는 바로 그 장르—였다. 왜 이런 터치로 인물화를 그려야 하는지에 대한 고민이 별로 없는 관습적인 작품이라는 혹평이 있었지만, 바로 그 점 때문에 인물이 살아 있다는 반론도 있었다. 아니 그게 대체 무슨 말이냐는 누

군가의 불만 섞인 질문에, 옹호론을 편 인사는 정귀보가 제출한 포트폴리오를 가리키며 이렇게 답변했다. 이 얼굴을 잘 보세요. 이 얼굴은 인간의 얼굴이 아닙니까? 가장 인간적인 인간의 얼굴 말입니다. 인간의 인간다움을 이런 방식으로 파고든다는 건 결코 쉬운 일이 아니에요.

반론 쪽 인사는 이게 무슨 해괴한 동어반복인가 하고 생각했지만, 옹호 쪽 인사가 대학 선배였기 때문에 그쯤에서 논쟁을 접었다. 어쨌든 혹평 쪽이나 옹호 쪽이나 정귀보의 작품에 "별다른 미적 특장이 없음"에는 손쉽게 동의한 셈이었다. 그의 작품은 논란 끝에 다수의 선정작 가운데 하나로 뽑혔으며, "관람자들은 이 인물화에서 인간의 본질도 아니고 인간의 가면도 아닌 제3의 무언가를 볼 수 있지 않을까 한다. 어쩌면 그것은 우리가 생각하는 것보다 훨씬 중요한 무언가를 담고 있을는지도 모른다"는 보기 드물게 애매한 심사평을 얻었다.

그렇게 해서 정귀보는 생각보다 늦지 않은 나이에 '작가'로서의 생활을 시작할 수 있었다. 그 후 소규모 갤러리와 카페에서 개인전을 두어 차례 열었으나 주목을 끌지는 못했다. 파주에 위치한 개인 미술관에 관리인 겸 도슨트로 들어간 것은 그 무렵이었는데, 예전에 근무하던 가구 회사의 오너가 바로 그 미술관의

소유주라는 인연 덕분이었다.

박봉이었지만 정귀보에게는 그런 것을 가릴 여유가 없었다. 게다가 새 일터가 된 미술관은 정귀보의 마음에 쏙 들었다. 총면적은 작았지만 이동식 벽을 설치해서 꽤 많은 작품들을 전시할 수 있었다. 전시가 끝난 뒤 작품들을 철거하면 미술관에는 흰 벽에 불과한 민무늬 구조물만 남았다. 백색 패널로 된 벽은 구불구불하고 길고 하얀 미로를 이루었는데, 정귀보는 그 텅 빈 미로를 천천히 산책하는 것을 좋아했다. 같은 곳을 지나면서도 같은 곳인지 모르겠고, 다른 곳을 지나면서도 다른 곳 같지 않은 길을 그는 천천히 걸었다. 비가 내리는 날 아무것도 전시되어 있지 않은 그 미로를 거닐고 있으면 자신도 모르게 깊은 상념에 젖어들 수 있었다. 그리고 결국에는 다소 감상적인 톤으로 이렇게 덧붙였던 것이다.

아아, 이것이 곧 인생이요 세계가 아닌가.

정귀보는 미술관 일을 하면서 회화 작업을 병행했다. 12호의 균일한 크기에 상식적인 앵글과 드로잉이 대부분인 그의 인물화나 풍경화를 주목하는 사람은 없었다. 눈이 있을 자리에 눈이 있고, 코와 입이 있을 자리에 코와 입을 그린 것뿐이라는 식

이었다. 가로수와 자동차, 건물과 횡단보도 등도 역시 그런 느낌을 주었다. 하지만 그 이미지들에는 다소간의 쓸쓸함이 배어 있었는데, 그건 그 무렵 정귀보가 세번째와 네번째 여자, 즉 쌍둥이 연인과 이별한 뒤였기 때문이다.

예민한 사람이라면 이 대목이 좀 이상하다고 생각할지도 모르겠다. 조영숙 이후 두번째 여자에 대해서는 아직 언급하지 않았기 때문이다. 하지만 우리가 지금까지 말하지 않은 것은 두번째 여자가 아니라 첫번째 여자라는 점을 유념해주기 바란다. 헷갈리시는가? 대학 시절의 조영숙 이전에 또 한 여자가 있었다는 뜻이다.

정귀보의 첫사랑은—이런 것을 첫사랑이라고 할 수 있다면 말이지만—고교 시절 가출했을 때 만난 '불량소녀'였다. 그때는 88올림픽의 흥청거리는 분위기가 채 가시지 않은 시절이었다. 정귀보 같은 평범한 가출 고교생에게는 아무도 관심을 두지 않았다. 정귀보는 서울역 근처의 심야 만화방에서 동갑내기 소녀를 만났다. 그 '불량소녀'는 발정기의 섬세하고 어린 수컷이 상상할 수 있는 이상적이며 비극적인 여성의 이미지에 정확하게 부합하였다. 깊이 눌러쓴 후드, 그 안에서 음울하게 빛나는 두 눈, 귀 쪽에서 빠져나온 워크맨 이어폰의 하얀 줄, 아무렇게나

걸쳐 입은 빈티지 청바지와 낡은 아이 러브 뉴욕 후드티, 거기에 마르고 하늘거리는 몸매까지. 그 모습은 정귀보의 환상 속에나 존재하던 미지의 소녀와 동일했는데, 그런 소녀가 문득 눈앞에 나타나 이렇게 말을 걸어왔던 것이다.

야, 너 담배 있냐?

아, 아니. 사, 사, 사줄까?

그렇게 시작된 소녀와의 짧은 만남은 정귀보에게 강렬한 인상을 남겼다. 그들은 추운 겨울밤의 회현동을 헤매다가 남대문시장 부근의 한 여인숙에서 함께 하룻밤을 보내게 된다. 소녀는 무일푼이었고, 정귀보의 수중에는 집을 나올 때 챙긴 약간의 돈이 남아 있었다. 그 밤은 도무지 잊으려야 잊을 수 없는 하나의 사건으로 정귀보의 머릿속에 각인되었다. 소녀의 비극적인 아우라가 정귀보를 매혹시켰을 뿐만 아니라, 한 번도 경험해본 적이 없는 강렬한 성욕에 이끌려 진정으로 순수한 짐승이 되었던 것이다.

하지만 여기에는 작은 반전이 기다리고 있다. 그 춥디추운 겨울밤, 남대문시장 뒷골목의 냄새나는 여인숙에서 고교생 정귀보가 알몸이 되어 그 신비로운 소녀를 덮쳤을 때, 정귀보라는 순수한 짐승의 귀에 들려온 것은 이런 말이었다. 그 후로도 오

랫동안 그의 기억 속 깊은 곳에 남아 있다가 불쑥불쑥 튀어나올, 낮고 건조한 목소리.

야, 씨발아. 안 내려와? 난 여자만 좋아해.

정귀보는 그 말이 무얼 뜻하는지 미처 이해할 여유도 없이 소녀의 몸에서 내려왔다. 소녀의 단호한 명령과 선언에 압도된 채로, 그는 자신이 한 번도 상상해보지 못한 세계를 만났다는 느낌을 받았다. 그는 소녀가 한 말의 의미보다는 그 말의 어조와 뉘앙스와 목소리 자체에 매료되었다. 그 순간 그는 어둡고 이질적이며 매혹적인 하나의 세계가 자신의 마음속에 태어났다는 사실만을, 희미하게 깨닫고 있었다.

그러므로 오늘날 우리는 이렇게 말할 수 있다. 우리의 위대한 화가 정귀보는 십대 시절, 남대문시장 부근 여인숙의 그 황량한 어둠 속에서 만난 이름 모를 소녀와 그 소녀의 입에서 튀어나온 알 수 없는 문장을, 깊이깊이 사랑하게 되었다고 말이다. 실제로 그는 문득문득 "야, 씨발아. 안 내려와? 난 여자만 좋아해. 야, 씨발아. 안 내려와? 난 여자만 좋아해"라고 중얼거리는 자신을 발견하곤 했다. 그는 자신이 그 소녀를 사랑하는 것인지, 그 소녀가 내뱉은 그 말을 사랑하는 것인지 알 수 없다고 생각했으며, 그 밤의 낯선 어둠과 뼛속 깊이 스미던 추위를 오래오래 기

억하게 되었다. “야, 씨발아. 안 내려와? 난 여자만 좋아해”라는 이해할 수 없는 문장과 함께 말이다.

정귀보의 세번째와 네번째 여자는 앞서 말한 대로 쌍둥이였다. 약간 부은 눈에 오동통하고 아담한 몸매까지 분간이 쉽지 않은 일란성 자매였다. 우리는 서로 얼굴을 마주 보면서 화장을 해요. 이건 유쾌하고 장난기 많은 자매가 처음 만나는 사람에게 즐겨 하는 농담이었지만, 정귀보는 그 광경을 진지하게 상상해 보고는 모종의 매혹을 느꼈다. 서로의 얼굴을 마주 보면서 화장을 하는 똑같이 생긴 두 사람이라니!

정귀보가 먼저 좋아한 것은 언니 박순옥(가명, 1975~) 쪽이었다. 박순옥은 가구 회사의 후임 디자이너였는데, 그녀는 참으로 정감 있는 표정을 지을 줄 알았으며, 다른 동료들과는 달리 뒷담화를 좋아하지도 않았다. 그 무렵 정귀보는 뒷담화를 즐기는 모든 종류의 인간을 혐오하기로 결심하고 있었기 때문에 그녀에게 호감을 품고 있었다.

정귀보가 용기를 내어 애정을 고백한 것은 초겨울의 어느 토요일, 회사의 직원휴게실에서였다. 직원들이 모두 퇴근한 오후의 텅 빈 휴게실에서 그녀를 마주쳤을 때는 마침 창밖에 첫눈이

내리고 있었다. 정귀보는 그것을 하늘의 계시라고 해석했다. 나란히 서서 창밖을 바라보던 정귀보가 먼저 수줍게 애정을 고백했고, 역시 바깥에 시선을 두고 있던 그녀는 예의 그 정감 어린 표정으로 정귀보를 돌아보았다. 한 가지만을 제외한다면 모든 것이 좋았다. 그가 마음을 고백한 상대가 박순옥이 아니라 박순옥의 동생 박진옥(가명, 1975~)이었다는 점 말이다. 그녀 역시 다른 부서에 근무하는 동료였던 것이다.

그 순간, 어쩐 일인지 박진옥은 마치 자기가 언니 박순옥인 것처럼 미소를 지었으며, 조용히 고개를 끄덕이기까지 했다. 소담하게 내리는 첫눈 때문이었는지도 모르고, 정귀보의 기분을 해치고 싶지 않다는 선량한 마음 때문이었는지도 모르지만, 어쩌면 어린 시절부터 무수히 반복해온 역할 바꾸기 놀이의 습관 탓이었는지도 모른다.

그녀는 정귀보와 헤어지고 나서 곧바로 언니에게 사태의 전말을 고했다. 동생의 이야기를 들은 박순옥은 화를 내지는 않았다. 상대가 그들을 헷갈려 하는 상황에 익숙했기 때문이기도 하지만 다른 이유도 있었다. 동생이 정귀보에게 보인 호의적인 반응은 자신이 그 자리에 있었더라도 똑같았을 것이니까.

이것은 텔레비전 개그 프로그램에나 나올 법한 희극적 상황

임에 틀림없었다. 하지만 문제는 점점 심각한 쪽으로 흘러갔다. 당사자인 언니뿐만 아니라 고백을 들은 동생 역시 정귀보에게 제법 깊은 호감을 갖고 있었던 것이다. 그들은 정귀보와 함께 있으면 캐시미어 모포로 몸을 감싼 듯 편안한 감정에 빠져들 수 있었다. 아 정말이지 부드러운 늪에 빠져드는 느낌이랄까요?—라는 것은 언니의 말이었고, 동생 쪽은 다소 관념적인 표현을 써서 이렇게 설명했다. 뭐랄까, 자아라는 갇힌 틀을 넘어서 편안하고 평화로운 대기를 경험하는 기분과 유사하달까요?

정귀보는 며칠 후 자신이 좋아하는 이가 한 사람이 아니라 두 사람이며, 자신이 그들을 헷갈렸다는 것을 알게 된다. 그는 예상치 못한 혼란에 빠져들었다. 혼란은 쉽게 수습되지 않았는데, 둘이면서 또 하나인 마음이 이미 그의 가슴 깊은 곳에 자리를 잡았던 탓이다.

물론 정귀보가 자매를 동시에 사랑했다고 단정하기에는 여러 난점이 남아 있다. 그가 사랑한 것이 정말 두 사람이었다는 말인가? 사랑을 하는데 어떻게 대상을 제대로 구별하지 못한다는 말인가? 그것을 과연 사랑이라고 말할 수 있을 것인가? 후일 몇몇 지인들이 이런 정당한 의문을 제기했을 때, 정귀보는 우수어린 침묵으로 일관했다고 한다.

세번째와 네번째라고 할 수 있는 이 연애가 오래가지 못한 것은 당연한 일이다. 정귀보는 어느 정도 자매를 구분할 수 있게 되었지만, 여전히 자신감을 갖지 못하는 자신에게 환멸을 느꼈다. 조금씩 상해가는 과일처럼, 정귀보의 마음은 형태와 빛깔이 변질되고 있었다.

스스로를 견디지 못한 그가 결별을 선언했을 때, 자매의 반응은 같으면서도 다른 것이었다. 두 사람을 한 사람처럼 사랑하면 안 돼? 그건 언니 박순옥의 말이었다. 그냥 두 사람이라고 생각하고 사랑해도 좋지 않아? 이건 동생 박진옥의 말이었다. 정귀보는 둘 모두를 향해 고개를 흔들었다. 불가능한 일이었다. 무엇보다도 그의 내부에서 피어오르는 모멸감을 더는 견딜 수 없었다. 사랑이란 단 한 사람만을 향하는 것이라고 그는 확신하고 있었다. 따라서 지금 이 감정은 결코 진실한 것이 아니다. 그게 그의 결론이었다.

그는 자매에게 결별을 통보하고 전격적으로 회사를 사직했다. 이제 와서 말이지만, 정귀보가 회사를 그만둔 것은 차양에서 톡, 톡, 떨어지는 빗방울 때문은 아니었던 셈이다.

이 희비극적인 연애에 대해서는 특별히 덧붙일 말이 없다. 굳이 부연하자면, 그 자매를 실제로 만나본다면 누구도 정귀보를

손쉽게 비난할 수 없을 것이라는 점이다. 모든 면에서 정귀보는 사랑에 충실하고자 했을 뿐이다. 그리고 모든 면에서 충실했다는 바로 그 이유 때문에, 정귀보의 세번째 또는 네번째 사랑은 모두에게 상처만 남기고 물거품이 되었다.

회사를 그만둔 뒤 정귀보가 본격적으로 회화 작업에 매진했기 때문에, 이 실연은 오늘날의 미술애호가들에게 어떤 면에서는 행운이라고 할 수 있다. 정귀보는 장위동 근처의 낡은 빌라에서 살면서 주변 사람들의 얼굴과 집 주위의 풍경을 그렸다. 버려진 옷이라든가 이불보 같은 것을 캔버스로 활용하기 시작했다는 점을 제외한다면, 과거의 화풍과 그리 다르지 않았다. 그의 인물화와 풍경화는 이 세상 어디에나 있는 이미지 같았는데, 묘하게도 관람객들의 시선을 끌었다. 관람객들은 누구나, 이건 어디서 만난 적이 있는 얼굴이 아닌가, 그렇게 중얼거리며 친근감을 표시했다. 그리고 한참 후에 고개를 갸웃거리며 이렇게 덧붙이곤 했다. 이건 어딘지 나를 닮았는데……

정귀보의 후기 예술을 장위동 시대라고 명명할 수 있다면, 그는 그 시대까지도 자신의 미래를 모르고 있었다. 클레멘트 그린버그를 잇는 뉴욕 평단의 거장 빈센트 호크의 주목을 받아 세

계적 작가로 거듭난 아시아의 천재, 그게 바로 자기 자신일 줄은 예측하지 못했으니까 말이다.

여기서 잠시 빈센트 호크에 대해 언급하고 넘어갈 필요가 있겠다. 빈센트 호크는 오하이오 출신으로 2000년대 이후 뉴욕 현대미술을 이끌어온 독보적인 미술평론가이다. 「뉴욕 타임스」의 어떤 칼럼니스트는 "아무리 도로를 달려도 옥수수밭만 이어지는 시골 출신임에도 불구하고, 그의 이름 '호크(매)'가 필명이 아니라 본명이라는 점은 충분히 주목받아야 한다. 특히 이 '호크'는 아시아라는 옥수수밭을 날아다니는 데 천부적이었던 것이다"라고 적었다. 이게 무슨 뜻인가? '호크'가 어쩌고 한 것은 그게 매처럼 날카로운 눈을 가진 비평가에게 잘 어울리는 이름이라는 뜻이다. 그리고 아시아라는 옥수수밭을 날아다닌다는 것은 아시아의 무명작가들을 발굴해내는 데 날카로운 식견을 발휘한다는 뜻이다. 이 칼럼니스트의 문장에는 지역적, 인종적 편견이 배어 있었지만, 기이하게도 이를 지적한 사람은 아무도 없었다.

특유의 성실한 리서치를 통해 정귀보의 포트폴리오를 접한 빈센트 호크는 곧바로 뉴욕의 큐레이터들에게 그를 추천했다. 그렇게 해서 정귀보는 저 유명한 모마(MoMA, 뉴욕현대미술관)

의 「21세기, 내일은 어디서 오는가?」 전에 초청을 받게 된 것이다. 모마의 이 야심 찬 기획에 초대된 아시아계 작가는 정귀보가 유일했다. 중국 작가가 포함되지 않은 것은 중국의 인권 상황에 대한 뉴욕 화단의 항의 표시이며, 무명의 한국 작가가 포함된 것은 모마에 재정적 후원을 약속한 한국 대기업을 고려한 결과라는 확인되지 않은 소문도 있었다. 그렇다 치더라도 한국 작가에게 자리가 돌아온 것은 행운이었다. 정귀보로서는 중요한 도약의 기회였다.

하지만 우리가 알다시피, 정귀보는 모마의 초대장을 받자마자 자살로 추정되는 의문의 사고로 실종됨으로써 더욱 신비로운 이미지를 남겼다. 일종의 유작전이 된 그 전시회에서 정귀보는 현대회화의 새로운 장을 연 미래의 아티스트라는 평을 얻었다. 뉴욕 모마의 홈페이지에는 그의 작품 일부와 함께 다음과 같은 다소 난해한 추천사가 게재되었다.

설치, 개념 및 비디오 아트가 주도하는 현대회화에서 프랜시스 베이컨과 루치안 프로이트의 신표현주의 이후 정귀보만큼 회화의 구상적 본질에 도달한 화가는 없었다. 캔버스로 선택된 낡은 옷과 버려진 침대보는 고도로 계산된 정귀보의 페이셜 이미

지와 절묘한 화학작용을 일으킨다. 일본의 모노하(物派)를 비롯한 탈주관주의의 동양적 흐름에 휩쓸리지도 않고, 잭슨 폴록의 드리핑이 대변하는 소위 '과정의 미학'에 종속되지도 않으면서, 정귀보는 인간의 얼굴을 보편적 궁극의 상태로 밀고 간 유일한 작가라고 할 만하다. 우리가 아시아에서 길을 찾아야 한다는 것을 증명하는 화가, 그가 정귀보인 것이다.

빈센트 호크의 평은 "매의 날카로운 눈"을 느끼기에는 지나치게 일반적이고 서구중심주의적이었지만, 정귀보를 주목의 대상으로 만들기에는 부족함이 없었다. 국내 갤러리에 '퀴포 청Kui-Po Chung'의 작품을 찾는 외국 화상들의 문의가 심심치 않게 이어진 것은 물론이다. 부재하면서 존재하는 화가, 죽은 채로 미래가 된 화가, 무상(無償)의 터치가 창조하는 급진적인 전위성으로 인간을 재해석한 화가. 그런 표현들이 정귀보를 수식하기 시작했다.

이후 나온 언론의 문화면 기사들은 정귀보에 대한 뉴욕 평단의 평가를 비중 있게 소개했지만, 그의 인생에 대해서는 이렇다 할 정보를 알려주지 못했다. 정귀보가 만 41세, 즉 한국인 평균 수명의 대략 절반만 채운 뒤에 인생을 마감했다는 것이 그 기사

들에 나오는 유일하게 올바른 정보였다. 게다가 그 기사들은 그의 죽음이 자살인지 아닌지 단정 짓기 어렵다는 점을 간과하고 있었다.

목격자들에 따르면, 정귀보는 서해안 하구의 한 계곡에 있는 구름다리를 건너다가 죽음을 맞이했다. 고도 15미터, 길이 25미터의 제법 아찔한 다리였다. 시간은 목요일 오후 3시, 날씨는 약간 흐린 정도로 사람들에게 특별한 인상을 남기기 어려운 하늘빛이었다. 목격자들의 증언은 간단했다. 정귀보보다 먼저 구름다리를 건너갔던 중년 여성의 말이다.

"건너면서 뒤를 돌아봤지. 마흔이나 됐을까 싶은 남자가 막 다리에 들어섰는데, 평범한 등산객 차림이었어요. 뭐 요즘엔 회사 잘리고 평일에도 산에 오는 남자들이 많으니까. 그런데 그 사람이 다리 가운데서 걸음을 멈추더니 상체를 내밀고 물을 지긋이 바라보는 거야. 아이고, 저거 위험한데, 호기심 많은 양반이네. 그런 생각이 들자마자, 갑자기 바람이 세게 분 거예요. 다리가 흔들렸지. 아무래도 출렁다리니까. 어, 저 양반 발바닥이 허공에 떴다, 그런 생각이 드는 순간 순식간에 사라진 거야. 그때는 무슨 일이 일어난 건지 감이 안 왔어요. 아주 자연스럽게 느껴져서 끔찍한 일이 일어났다는 생각도 못 했다니까."

이 목격자에 따르면 정귀보는 다리 아래의 가파른 계곡을 자세히 보려다가 실수로 추락사한 것이 틀림없었다. 마침 그 시간에 바람이 강하게 불었고 다리가 심하게 흔들렸다는 증언은 그 외에도 더 나왔다. 구름다리의 사고 위험을 지적하는 청원이 평소에도 많았다는 사실이 추가로 밝혀졌다. 신발을 벗어놓고 뛰어내린 것도 아니고 유서를 남긴 것도 아니었으니 경찰 입장에서는 실족사로 처리하는 게 순리였다.

하지만 그 순간을 가장 가까이서 목격한 다른 등산객의 진술은 달랐다. 나이가 지긋한 노인이었는데, 그는 전직 교수인 데다 깊은 주름과 중후한 목소리를 갖고 있어서 신뢰감을 주기에 충분했다. 그는 정귀보의 뒤를 따라 다리를 건너다가 추락을 목격했다고 진술했다. 중년 여성의 반대편이었던 셈이고, 정귀보와는 5미터 정도밖에 떨어져 있지 않았다. 그는 확신에 찬 표정으로 말했다.

"내가 이 산을 12년째 다녀. 산에 대해서는 잘 알지. 거긴 그런 사고가 일어날 만한 데가 아니야. 일부러 그러지 않는 한 떨어질 수가 없는 곳이라고. 내가 이런 얘기를 하는 건, 구름다리 한가운데 서 있는 그 사람 표정을 봤기 때문이우. 어딘지 어두운 표정이었어. 난간을 꼭 쥐고는 일부러 상체를 밖으로 내민

것 같았다니까. 물을 바라보는 듯하더니, 순간 펄쩍 뛰어서 떨어진 거야. 그건 몸을 던진 거예요 분명히. 내가 나이가 일흔둘이야, 일흔둘. 확실해요."

자살이라는 얘기였다. 정귀보는 신발도 벗지 않았고 유서도 남기지 않았지만, 확실히 그것으로 자살이 아니라고 단정할 수는 없었다. 바람이 불었다고는 하나 느끼기에 따라서는 산들바람 정도였다. 그 다리에서 사람이 떨어져 죽은 사례는 지금까지 두 건밖에 없었다. 둘 다 자살이었다. 구름다리는 폭 1.5미터 정도로, 양쪽에 밧줄로 된 난간이 설치돼 있었다. 난간 높이는 어른 가슴께까지 오는 정도였고, 난간 아래로도 촘촘히 그물이 설치돼 있었다. 일부러 뛰어넘지 않는 한 추락하기는 어려워 보였다.

군청 직원의 말에 따르면, 그때는 민원을 접수하고 구름다리의 전면 보수공사를 끝낸 지 얼마 지나지 않았을 때였다. 다리가 위험했던 건 아니라는 뜻이다. 군청 직원은 구름다리라는 것이 어떻게 만들어지는지를 상세하게 설명해주었다. 그 때문에 나는 산 위의 구조물들에 대한 의외의 지식까지 얻게 되었다. 당연한 말이지만, 산에는 나무와 바위만 있는 것이 아니다. 거기에는 인간이 만든 산장도 있고, 인간들의 무수한 도전과 실패

가 있으며, 헬리콥터가 커다란 철근을 매달고 허공을 날아가는 시간도 있는 것이다.

자살이라는 주장을 뒷받침하는 정황증거는 그 외에도 여럿이었다. 우선 정귀보는 평소 산행에 취미를 가진 사람이 아니었다. 특별한 계기가 없이는 혼자서 산을 탈 사람이 아니라는 뜻이다. 게다가 그의 풍경화는 산이나 바다가 아니라 주로 도시 변두리를 대상으로 삼았다. 대학을 졸업한 이후 그는 한 번도 자연을 그린 적이 없었다. "자연에서는 표정을 발견할 수 없다"는 것이 이유였다. 작업을 하러 갔을 리 만무했다.

그러니 평일 낮에 혼자서 산에 올라갔다면 뭔가 심경의 변화가 있었다고 보는 게 자연스럽다. 그 전날 산 아래 주점에서 혼자 술을 마셨다는 증언도 확보되었다. 분명히 혼자였다고 증언한 주인 남자의 말은 다음과 같았다.

"여긴 혼자 오는 손님은 드문 편이라 기억이 나요. 그냥 얌전하게 소주 두 병을 비우고 나갔지. 스마트폰도 들여다보고 하면서 멍하니 마셨어요. 어디다 전화를 걸어 언성을 높이지도 않았고, 행패도 부리지 않았어. 안주는 도토리묵과 김치전이었고. 아, 도토리묵은 우리가 서비스로 준 거야. 자살할 표정이었냐고? 에이, 그런 걸 어떻게 알아? 얼굴에 씌어져 있는 것도 아니

고. 근데…… 또 그렇다고 생각해보면 확실히 그런 표정이었던 것 같기도 하고……"

뉴욕 모마의 전시를 위한 작업이 잘 되지 않아서 자살했을 거라는 언론의 추측성 기사가 반복된 것은 그런 이유에서였다. 기사의 표제는 「천재 예술가의 때 이른 비극」 식이었는데, 말미에는 애도이기도 하고 영웅화이기도 한 관습적인 찬사를 덧붙이는 경우가 많았다.

구구한 논란에 종지부를 찍은 것은 정귀보 자신이 작성한 유서였다. 유서는 장위동 정귀보의 방, 그것도 책상 위에 놓인 책 사이에서 발견되었다. 의심의 여지가 없는 친필이었고, 삶과 죽음에 대한 진지한 성찰로 이루어진 글이었다.

"죽음은 삶 전체를 드러내는 무한한 기울이다."

"죽음은 단순한 없음이 아니다. 그것은 우리가 영원히 소유할 수 없는 신비이자, 무한한 사건의 발생 가능성이다."

"우리가 존재하는 한 죽음은 우리와 함께 있지 않을 것이며, 죽음이 오면 우리는 이미 존재하지 않으리라. 그러므로 우리는 죽음을 두려워할 필요가 없다." 등등.

조간들은 정귀보의 유서가 발견되었다는 기사를 쏟아냈다. 천재 작가다운 혜안으로 빛나는 글이라는 찬사와 함께였다. 확

실히 죽음에 대한 그 문장들은 정귀보가 왜 극단적인 선택을 했는지 암시하는 것으로 보였다.

하지만 나는 그 유서의 전문을 여기에 인용하지 않으려 한다. 왜냐하면 그것은 나로서는 매우 실망스러운 글이었기 때문이다. 이유는 여러 가지다. 첫째, 그 유서가 꽂혀 있었다는 책은 『세계 잠언집』이었는데, 그건 편자조차 '편집부'로 되어 있는 싸구려 책이었다. 책 디자인이나 종이의 질이 조악했을 뿐 아니라, 인용문들에는 출처조차 없었다. 흔히 중고서점 1천 원 코너 같은 데서 파는 책이 틀림없었다. 둘째, 그 유서에 감명을 받아 문화면에 전문을 게재한 신문들은 다음 날 다소 충격적인 제보를 받아야 했다. 전화는 문화부 데스크로 하루 종일 이어졌다. 제보자들이 이구동성으로 증언한 것은, 정귀보의 유서라고 보도된 그 문장들이 실은 정귀보가 읽던 바로 그 책 『세계 잠언집』에 실려 있는 글귀라는 사실이었다. 대개 나이 지긋한 독자들이 전화를 걸어왔는데, 그들은 문제의 유서가 사실 그 책의 일부이며 어떤 문장은 잘못 옮겨지기까지 했다고 주장했다. 칠십대라는 한 독자는 자신이 문제의 『세계 잠언집』 속 문구를 아침마다 하나씩 골라서 낭송하기 때문에 기사를 보자마자 금방 알 수 있었다고 설명했다. 심지어 그는 그 책에서 가훈을 뽑아 액자로

걸어놓았다는 점을 강조하기까지 했다. 이 제보가 사실이라는 것은 금방 확인되었다. 책을 입수해 대조해보면 되었기 때문이다.

정귀보가 왜 삶과 죽음에 관한 선인들의 잠언을 베껴 쓰고 거기에 '유서'라는 제목을 붙였는지는 정확히 알 수 없었다. 가장 단순한 주장은 이런 것이었다. 이것은 진짜 유서가 아니며, 단지 책의 내용을 메모해놓은 것에 불과하다는 얘기였다. 『세계 잠언집』 5장의 소제목이 바로 '예술가들의 유언'이라는 설득력 있는 근거도 제시되었다. 하지만 이 주장은 정귀보가 왜 '예술가들의 유언'이 아니라 '유서'라고 적어놓았는지, 왜 5장뿐 아니라 다른 곳의 문장들도 섞여 있는지는 설명하지 못했다.

매력적인 해석도 있었다. 천재 예술가답게 정귀보는 죽음을 맞이하는 순간까지 유머를 잃지 않았다는 것이다. 상투적인 잠언들을 진지한 죽음과 겹쳐놓는 고급스러운 농담이라는 해석이었다. 하지만 그런 농담이 정말 '고급스러운' 것이냐는 냉소적인 반론이 있었고, 그 잠언들이 당신 눈에는 상투적으로 보이느냐는 다소 감정적인 반론도 있었다. 정귀보가 그런 식의 말장난을 좋아하는 타입의 천재는 아니었다는 주장도 추가되었다. '고급한 유머'론은 금방 힘을 잃었다.

그 외에도 여러 견해가 제출되었다. 죽음에 대한 글을 너무 열심히 읽다 보면 정말 죽음에 대한 충동을 느낄 수 있다는 정신과 의사의 칼럼이 게재되었고, 잠언은 교훈과 가르침을 담은 문장이기 때문에 유서에 잠언을 베껴 쓰는 것은 당연한 일이라고 주장한 대학 교수도 있었다. 이 모든 게 악의적인 정치적 조작이라는 극단적인 견해는 SNS에서조차 야유를 받았으며, 자살은 그냥 자살이지 뭐 그렇게 복잡하게 생각하느냐는 근본적인 주장은 홍대 앞 술집 같은 곳에서 잠깐 흘러나왔다가 사라졌다.

하지만 이 사건의 더 큰 난점은 다른 곳에 있었다. 사건 발생 후 한 달이 다 되었는데도 시신이 발견되지 않았던 것이다. 구름다리에서 추락해 바위에 두 차례 부딪힌 다음 급류에 휩쓸려 간 것은 틀림없는데, 정작 시신은 찾을 수 없었다. 수중탐색 전문요원들이 포함된 군경 합동수색단이 하구를 이 잡듯 뒤졌는데도 아무런 흔적도 발견되지 않았다. 바위에 남은 핏자국이 증거의 전부였다. 배낭이나 신발 같은 것조차 발견되지 않았다.

하구는 바다와 만나면서 물이 넓고 깊어진다. 시신은 해류의 지배를 받게 되고, 그때부터는 강바닥이 아니라 바다라는 거대한 세계에 속하는 것이다. 정귀보는 이미 그 거대한 세계의 일부

가 되어 있는지도 몰랐다. 그렇다면 시신을 찾는 것은 사막에서 모래알 찾기라든가 갈대밭에서 바늘을 찾는 일에 가깝다. 이것은 시신 확보에 생각보다 어려움이 있을 것이라면서 덧붙인 경찰 고위 관계자의 비유였다.

하지만 정귀보는 사건 발생 4개월이 지난 뒤, 넓고 깊고 어두운 그 바다의 심연에서 자신을 드러냈다. 마침내 시신이 발견된 것이다. 내가 연락을 받은 것은 정귀보가 실종된 지 정확하게 120일째가 되던 날의 저녁 무렵이었다. 가을이 깊어가고 있었다. 내가 사는 아파트의 창밖에는 황혼을 배경으로 낙엽이 정말 그림처럼 흩날리고 있었다. 만물의 조락은 그렇게 자신만의 표현법을 갖게 되는 것이다. 팔짱을 낀 채 나는 그런 쓸쓸한 생각에 잠겨 있었다.

그즈음 나는 평전 집필을 중단하리라고 마음먹고 있었다. 정귀보의 삶에 대해서는 아무런 할 말이 없다는 것이 나의 판단이었다. 계약금을 받은 마당에 무책임하고 성급한 판단이라는 건 알고 있었지만, 할 말이 없는 건 어쩔 수 없는 일이 아닌가. 나는 무엇보다 빈센트 호크가 아니기 때문에 추상적이고 현란한 논리로 그의 작품을 변호할 생각이 없었고, 정귀보가 한국

인이라는 이유로 우리 민족이 낳은 천재니 뭐니 하는 과장과 미화를 일삼고 싶지도 않았다. 그의 시신이 발견되었다는 출판사 사장의 다급한 전화를 받기 전까지는 말이다. 나와는 미대 동창이기도 한 사장은 다소 흥분한 목소리로 급보를 전한 뒤 이렇게 덧붙였다. 이봐, 빨리 취재 시작하라고. 다른 데서 손쓰기 전에.

시신을 발견한 것은 바닷가에서 놀던 오누이라고 했다. 초등학교 3학년 여자아이와 5학년 남자아이였다. 부모는 수협 공판장에 일을 나간 뒤였고, 학교에서 돌아와 해변에서 놀다가 정귀보를 발견했다는 것이다. 유감스럽게도 그리 신빙성 있는 진술은 아니었다. 아이들은 정귀보가 처음에는 시신 상태가 아니었으며, 바다에서 '비틀거리면서 걸어 나왔다'고 증언했다. 처음에는 동네 아저씨라고 생각했는데 자세히 보니 처음 보는 사람이었다는 것이다. 힘없이 고개를 숙인 채였고, 옷은 수영복이나 잠수복이 아니라 등산복이었다. 정귀보가 산에 올라갈 때 입고 있던 바로 그 옷이었다.

해변으로 걸어 나온 정귀보는 너무 오래 수영을 해서 기진맥진한 사람처럼 그 자리에서 푹, 허물어졌다. 오누이는 바다에서 걸어 나온 남자가 자기들을 빤히 바라보다가 쓰러졌으며, 그래

서 아무런 말도 나눌 수 없었다고 증언했다. 이 진술에 의하면, 정귀보는 120일 동안 바닷속에 잠겨 있다가 산 채로 걸어 나온 것이 된다. 아마 애들이 공포에 질려 잠시 착각한 거겠지. 사장은 그렇게 덧붙였다. 나는 고개를 끄덕였다. 파도를 타고 해변에 밀려온 시신을 본 초등학생들이라면 그런 환상에 사로잡힐 수도 있을 것이다. 공포라는 감정은 우리에게 어떤 종류의 환상이든 이끌어내지 않던가.

전화를 끊었을 때, 나는 뜻밖의 욕망에 휩싸여 있었다. 멈췄던 심장이 뛰는 것 같은 느낌이었다. 정귀보의 시신을 직접 볼 수 있다면 평전을 시작할 수 있을지도 모른다, 그 시신은 정귀보에 대한 기나긴 글의 유일한 출발점일지도 모른다, 그런 생각이 머릿속에 차올랐던 것이다. 그것은 나로서도 감삭스러운 열망이라고 할 만했다. 다소 엉뚱하게 들리겠지만, 나에게 그 열망은 사랑이라든가 증오 같은 감정과는 거리가 먼 것이었다. 그것은 집착이 아니며, 호기심이나 의무감은 더더욱 아니었다. 더 이상하게 들릴지도 모르지만, 나는 그것을 '영원한 탐구열'이라고 말하겠다.

나는 정귀보의 시신을 눈으로 확인하기 위해 그가 안치돼 있다는 해안가 소도시의 한 종합병원으로 달려갔다. 기자들도 오

지 않았고, 심지어 빈소조차 차려지지 않은 상태였다. 나는 깊은 밤에 관리실 유리창을 두드려야 했다. 선잠에서 깬 근무자가 쪽창을 열었다. 육십대 중반쯤의 피로한 얼굴에 드문드문 검버섯이 피어 있었다. 잠으로 돌아가는 것만이 유일한 목적인, 그런 얼굴이었다.

그는 정귀보의 시신을 보고 싶다는 나의 청을 한마디로 거절했다. 규정상 불가능하다는 것인데, 그건 이미 예상했던 일이었다. 그에게 생각보다 많은 액수의 사례를 한 뒤에야 나는 정귀보의 시신을 두 눈으로 확인할 수 있었다. 자정을 넘긴 시간이었고, 바닷바람이 부는 적막한 병원의 적막한 영안실이었다. 관리인이 열쇠 꾸러미를 뒤져 안치실 문을 따고, 3번이라는 번호가 붙은 냉장고를 꺼내는 시간이 한없이 길게 느껴졌다.

엠바밍을 한 것도 아닐 텐데 시신은 말끔한 상태였다. 익사라고는 믿을 수 없을 정도로 정상적인 모습이었다. 심지어 생생한 느낌까지 들었다. 피부가 붇지도 않았고, 상한 곳도 없었다. 눈과 코와 입이 정확하게 있어야 할 곳에 위치해 있었다. 얼굴에는 아무런 표정이 없었다. 지금이라도 상체를 일으켜 "누구요?" 하고 물을 듯한 얼굴이랄까. 정귀보는 생전의 모습 그대로, 172센티미터에 71킬로그램의 체형조차 조금도 변하지 않은 채, 그

렇게 누워 있었다.

무슨 처리를 어떻게 했느냐는 내 질문에, 관리인은 자기가 방금 근무 교대를 했기 때문에 답해줄 수 없으며, 내일 아침에 직접 병원 측에 문의하라고 나른한 목소리로 대답했다. 열쇠를 짤랑거리며 안치실 문에 기대선 그의 등을 바라보다가, 나는 시신 쪽으로 다시 눈을 돌렸다.

이것이 백 일이 넘는 동안 바다 밑을 떠돌아다닌 시신이란 말인가? 아니면 그가 살아서 걸어 나왔다는 아이들의 말이 사실이란 말인가? 나는 도무지 믿을 수 없었다. 믿을 수 없을 뿐만 아니라 참을 수도 없었다. 기묘한 슬픔이 가슴속에서 배어 나왔다. 나는 안치실의 희미한 형광등 불빛 속에 망연히 서서 오랫동안 징귀보의 얼굴을 바라보았다. 이 밤이 영영 끝나지 않을 것 같은 기분이었다.

다음 날 나는 사장에게 전화를 걸었다. 쉽지는 않겠지만 정귀보에 대한 글을 다시 시작해보겠노라고 말했다. 사장은 아 그럼 안 하려고 했단 말이냐?라며 무슨 헛소리를 하느냐는 듯 시큰둥하게 반응했다. 나는 별다른 대꾸를 하지 않았다.

물론 지금껏 책은 지지부진한 상태를 벗어나지 못하고 있다.

정귀보의 예술이야 평론가들이 설명할 문제지만, 정귀보의 인생을 탐구하는 것은 소위 평전을 쓰겠다는 나의 몫이 아닌가. 그러나 나는 뭘 어떻게 시작해야 하는지조차 알 수 없었다. 그의 인생을 연대별로 정리할 것인지, 큰 사건별로 정리할 것인지, 몇 개의 시대로 나눌 것인지도 판단할 수 없었다. 대체 처마에서 떨어지는 빗방울에 얼비친 햇빛이라든가, 야 씨발아 난 여자만 좋아해—라든가, 쌍둥이를 동시에 사랑한다는 것은 과연 무엇인 것일까? 그런 것에 의미를 부여해서 이렇게 저렇게 정리한다는 것은 무슨 뜻일까? 그런 것을 쓰려는 나라는 인간은 대체 무엇이란 말인가? 평전이 아니라 차라리 연보만으로 한 권의 책을 만드는 게 낫지 않겠는가? 시간 순서에 따라 철저하게 객관적이며 확인 가능한 정보만으로 이루어진 책을 말이다. 설령 그것이 단 한 페이지로 이루어진 책이라고 할지라도……

지금 나는 정귀보가 죽음을 맞기 전날 밤 혼자 술을 마셨다는 주점에 앉아 이 글을 쓰고 있다. 낡은 나무탁자 여섯 개와 통나무의자들이 아주 오랜 세월을 그렇게 보내왔다는 듯 눅눅한 향기를 내뿜고 있다. 뜨내기 등산객들을 받는 주점답게 안주는 다양한 편이어서, 도토리묵도 있고 김치전이나 파전도 있으며, 심지어 고등어구이도 있다.

죽기 하루 전의 정귀보가 된 듯이, 나는 도토리묵(주인장이 서비스로 준 것이다)과 파전을 앞에 두고 막막한 감정에 잠겨 있다. 특별히 비관적인 기분이라고 말하고 싶지는 않다. 나는 누군가에게 전화를 걸어 언성을 높이지도 않을 것이고, 만취해서 행패를 부리지도 않을 것이다. 단지 나는 무언가가 내 안에서 조금씩 피어오르고 있다는 것은 깨닫고 있다. 어쩌면 그것은 정귀보의 인생에 대한 기나긴 글의 첫 문장 같은 것인지도 모른다. 마지막 문장이 없는…… 짧고 건조한…… 첫 문장 말이다. 첫 문장에서 두번째 문장이 나오고, 두번째 문장에서 세번째 문장이 이어지고, 세번째 문장에서 또 다른 문장이 태어날 것이다. 그러던 어느 날, 나는 거기서 아무렇지도 않게 걸어 나오는 정귀보를 보게 될는지도 모른다. 해변에서 놀고 있는 우리를 향해 다가오는, 우리 모두의 정귀보를 말이다.

韓国文学ショートショート
きむ ふなセレクション 09
私(わたし)たち皆(みな)のチョン・グィボ

2020年4月25日 初版第1版発行

〔著者〕イ・ジャンウク(李章旭)
〔訳者〕五十嵐真希(いがらし まき)
〔編集〕川口恵子
〔ブックデザイン〕鈴木千佳子
〔DTP〕山口良二
〔印刷〕大日本印刷株式会社

〔発行人〕 永田金司 金承福
〔発行所〕 株式会社クオン
〒101-0051 東京都千代田区神田神保町1-7-3 三光堂ビル3階
電話 03-5244-5426 FAX 03-5244-5428 URL http://www.cuon.jp/

This book is published under the support of
Literature Translation Institute of Korea (LTI Korea).

ISBN 978-4-904855-97-3 C0097

著者

イ・ジャンウク（李章旭）

1969年、ソウル生まれ。
高麗大学ロシア語ロシア文学科および同大学院を卒業。
1994年「現代文学」に詩を発表して文壇デビューを果たす。
2005年に出版された長編小説『カルロの愉快な悪魔たち』を皮切りに
数々の小説を発表し、2011年に短編小説「イヴァン・メンシュコフの
踊る部屋」で第2回若手作家賞本賞を、
2014年に本作「私たち皆のチョン・グィボ」で第8回金裕貞文学賞を受賞。
また、2016年には詩集『永遠ではないので可能な』で
第24回大山文学賞（詩部門）を受賞した。
現在は詩と小説両方の創作活動を行うとともに、
東国大学文芸創作科の教授や「創作と批評」の編集委員も務めている。

訳者

五十嵐真希（いがらし まき）

東京生まれ。早稲田大学卒業後、法律事務所に勤務。
訳書に『豊渓里　北朝鮮核実験場　死の情景』（徳間書店）、
『満州夫人』（かんよう出版）、『韓国、朝鮮の知を読む』、
『朝鮮の女性（1392-1945）─身体、言語、心性』（以上クオン、共訳）、
『銭の戦争』（竹書房、共訳）などがある。